中公文庫

おいしい給食

卒業

紙吹みつ葉

中央公論新社

目次

おいしい給食
卒業

メニュー一

ナポリタンは喫茶店の味

一九八六年――秋。

大きな白い雲が流れる青空の下に、低い山に囲まれた田園《でんえん》風景が広がる。ぽつぽつと見える一戸建ての家々の間を流れる川――一級河川・黍名子《きびなご》川にかかっている橋は、通学路となっていた。

詰襟《つめえり》学生服の男子中学生と、長袖《ながそで》セーラー服姿の女子中学生が、通学路を歩いていく。その横を時折、自転車通学の生徒が追い抜いていった。

通学路の先には、黍名子中学校の校門が待ち構えている。すっかり冬服となった中学生たちが吸い込まれるように向かっていく校門の前には、三人の大人の姿がある。

校門から見て右側に立つのは、清潔感《せいけつかん》のあるベリーショートの髪型に、白のブラウス、黒のスカートの女性。校門を通る生徒たちに笑顔で挨拶《あいさつ》するのは、黍名子中学の教師であり、三年生の学年主任・宗方《むなかた》早苗《さなえ》。

その一歩前には、赤いジャージの上下でまとめ、ホイッスルとタオルを首に下げた男性が立っている。やってきた生徒たちと、爽《さわ》やかな笑顔でハイタッチして挨拶を交わす。彼は体育教師の真野《まの》浩太《こうた》。真野と共にはしゃぐ生徒たちは、笑顔で校門を通りすぎていく。

　爽やかな空気感の教師二人に対して、校門を挟《はさ》んで反対側にいる教師は——

「——そこ、自転車から降りろ」

　自転車に乗ったまま校門を通ろうとした生徒に、厳《きび》しい口調で注意した。ビクッとして生徒は自転車を降り、一緒に歩いていた徒歩通学の生徒とそそくさと校門を通る。

　二人の教師とは対照的な態度のこの男は、数学教師の甘利田幸男《あまりだゆきお》。刈《か》り込《こ》まれた短い黒髪。臙脂《えんじ》のネクタイを締めた白い長袖シャツを肘《ひじ》までまくり、灰色のベストを着た、三〇代前半の男性だ。

(私は給食《きゅうしょく》が好きだ。給食のために学校に来ているといっても過言《かごん》ではない。なぜなら、母の作るご飯がまずいからだ。故《ゆえ》に給食は、私にとって一日で最も充実《じゅうじつ》した食事だ)

　などと、この場ではまったく関係のないことを考えながら、甘利田は大きく丸い黒《くろ》縁《ぶち》メガネの奥の厳しい目で、生徒たちを監視《かんし》する。笑顔を見せれば親しみも湧くだろう端整《たんせい》な顔立ちに、案外気づいていない人間は多いかもしれない。

(だが、そんなことは決して周りに知られてはならない。教師が生徒以上に給食を楽しみにしているなどと知られたら、私の威厳《いげん》は失墜《しっつい》する。なのでただ心の奥底で給食を愛《あい》するだけ……）

本人はそう思っている。だが、甘利田の給食好きは、すでに何人もの人間に知られていた。そのことに、甘利田は気づいていないだけなのである。

何をどう思うかは本人の自由だ。ただ今現在、給食のことを思って頬《ほお》が緩《ゆる》んでいることにも、甘利田は無自覚だった。

そんな状況でも、甘利田は校門に入ってくる生徒たちに挨拶をしていく。だがふと、挨拶をせず校門を通ろうとする男子生徒の存在に気づいた。

「挨拶はどうした」

甘利田が声をかけると、男子生徒は足を止めた。呼び止められるまで、その手に握《にぎ》った単語帳に集中していたようだ。

「あ……はい」

男子生徒は気のない返事をすると、すぐに単語帳に視線を落として校門を通り抜けようとしたが――

「なんだ、その態度は」

眉間《みけん》に皺《しわ》を寄せ、威圧的な低い声でぐっと近づいてきた甘利田に行く手を阻《はば》まれた。

男子生徒はビクついて固まる。

「自分は通学時間まで勉強してるから、挨拶など免除されてしかるべきだということか」

「い……いえ……」

さらに、圧が強すぎる甘利田の顔まで近づいてきたせいか、男子生徒の顔が恐怖《きょうふ》と戸惑《とまど》いで青ざめる。

「言っておくが、そんな勉強は身につかない。人間は何か一つの事に集中した時のみ、その恩恵《おんけい》を享受《きょうじゅ》できる生き物だ。歩きながら覚えた単語は覚えたつもりになっているだけだ」

顔、声、言葉の圧を一身に浴びた男子生徒の顔は、引きつっていた。

「先生、まあ、あの」

真野が苦笑しながら近づいてきて止めようとするが、甘利田は真野の顔を強引に押さえつけた。容赦《ようしゃ》なく真野を押さえつけたまま、甘利田は続けた。

「そしてお前のような奴《やつ》は将来《しょうらい》、歩きながら平気で人にぶつかる。周りが見えなくなって、ぶつかったら相手が悪いと開き直るクセがついているからだ。そういう人間を、私は許さない」

情け容赦ない甘利田の声が、青空に消える。甘利田に顔を押さえつけられたままの真野も、怯《おび》えた表情の男子生徒も、しばらくその場で固まっていた。当然、甘利田は怯える男子生徒を真正面から睨《にら》みつけたままだ。他の生徒たちが「何事だ」と様子をうかがいながら、三人の脇をすり抜けて、校門を通っていく。

見かねた宗方が、男子生徒に歩み寄って背中をぽんと叩《たた》いた。

「さ、もう授業始まるから、教室行って」

宗方の言葉で呪縛《じゅばく》が解けたかのように、男子生徒は「は、はい」と小さく言ってゆっくり歩き出した。その背中に「がんばってー」と宗方が声をかける。

男子生徒の背中を見送りながら、「甘利田先生、ちょっとこの後いいですか」と宗方が言う。甘利田は返事をせず、腕時計を確認した。その動きで、真野の硬直《こうちょく》も解ける。

「残り三五秒……三四……三三……」

「早くしろー！」

甘利田がカウントダウンを始めると、真野がホイッスルを吹く。さっきまで生徒たちと明るく挨拶していた真野も、甘利田に追随する。

圧のあるカウントダウンとホイッスルの音で焦《あせ》った生徒たちは、足早に校門を駆《か》け抜けていくのだった。

校舎に戻ってきた甘利田は、職員室の自席についていた。

引き出しを開けて、こっそりと献立表《こんだてひょう》を取り出す。後ろを通った教師たちがその様子を微笑《ほほえ》ましそうに見ているが、甘利田は気づいていなかった。

ハードケースから献立表を取り出すと、右手に赤鉛筆《あかえんぴつ》を握る。

(私の朝のルーティーン。前日の給食に感謝を込めて「済」を入れる)

十月十日の金曜日は、体育の日で休みだったため、前の週の木曜日のメニューの下に「済」の文字を書き込む。赤鉛筆を握った指が今日の日付まで移動した。

今日のメニューは、ナポリタン、かき玉汁、フルーツヨーグルト。一つ一つ確認すると、甘利田の口元が緩んだ。

(そして今日の給食と対峙《たいじ》する。そう、今日の献立は、待ちに待ったジャパニーズスパゲッティの巨匠《きょしょう》、ナポリタン……)

「――甘利田先生」

いつの間にか隣の席に戻ってきた宗方の声で、甘利田は我《われ》に返った。素早く引き出しに献立表を押し込み、机の上にある数学の教科書を手に取る。

挙動不審《きょどうふしん》にもほどがあるが、宗方は甘利田の動きを特に気にした様子もなく、真剣《しんけん》な表情で続けた。

「この時期、アレは困《こま》ります」

「はい？　なんでしょう」

一瞬《いっしゅん》声が裏返るも、なんとか持ちこたえる。手に取った教科書を開くと、授業の準備を始める甘利田。

「単語帳の生徒の件です。あれでは受験勉強の否定《ひてい》です」

「単語帳に夢中《むちゅう》で交通事故が起こっても、仕方がないということですか」

話題に心当たりが出てくると、甘利田の声は落ち着きを取り戻した。

「そうじゃなくて言い方です。三年生は今、一番大事な時期なんです。みんな必死で、時間を惜しんで勉強しているのに、その気持ちを削《そ》がないでほしいんです」

「子供をおだて上げろということですか」

「時には、必要だと思います」

「……ああ、そうですか」

甘利田は、宗方の言葉に合わせるように返事をしている。だが一切宗方のほうは見ず、教科書の近くに手帳を広げ、ペンを取ってメモを取り始めた。

ぱっと見は、真面目《まじめ》に授業前の準備をしているように見える。しかし宗方は、じっと甘利田の動きを観察し続けていた。

「ご理解いただけてませんよね、まだ」

甘利田の手が、さりげなく引き出しにかかっていた。中にしまっているものを、無意識に取り出そうとしているように。

その動きを、宗方はしっかり見ていた。

「……理解しましたとも」

見透かしたように言ってくる宗方に、甘利田はため息をついて引き出しにかかった手を、手帳に戻した。

「先生のような厳しい指導《しどう》を否定するつもりはありません。でも三年生の担任としてのやり方を考えてほしいんです」

真摯《しんし》に訴えかけてくる宗方の言葉を聞きながら、観念して授業前の準備を再開させた甘利田だったが――ふと、開いたままの職員室の扉の向こうで、生徒が廊下《ろうか》を走る姿が目に入った。

「こらぁ！」

突然《とつぜん》の腹《はら》の底から出た甘利田の大きな声に、話していた宗方だけでなく、職員室にいた教師全員の肩《かた》が驚きで跳《は》ねた。

周りの様子など構わず、甘利田は素早く廊下へ飛び出す。

「廊下を走るなぁ！」

さらに大声で、甘利田は走り去る生徒を追いかけていく。その様子を、宗方はため息をついて見送った。

甘利田が追いついたときには、生徒はすでに足を止めていた。振り返ったのは、甘利田が担任を務める三年一組の生徒・神野《かみの》ゴウだった。

「おはようございます」

神野はいつも通りの、嬉《うれ》しそうな笑顔だった。明るい声で挨拶すると、丁寧《ていねい》に頭を下げる。

「遅刻《ちこく》か、神野」

「いえ、一〇分前に来ていました」

「一〇分間、何をしていた」

甘利田には、この問いの答えが手に取るようにわかっていた。だが、担任として、教師として、決してわかっている素振りを見せてはならない——甘利田自身のこだわりから、たずねずにはいられなかった。

「配膳室《はいぜんしつ》を見ていました」

「なぜだ」

「今日は、ナポリタンだからです」

笑みがより一層深まり、当然とばかりにハッキリと答える神野。

「曲がりなりにも受験生が、朝から給食にうつつを抜かしていいと思ってるのか」

「すいません」

眉間に皺の寄った厳しい声音の甘利田に対して、神野は笑みを浮かべたまま軽い調子で答える。少しも悪いと思っていない様子だが、「行け」と甘利田は短く促《うなが》した。

笑顔の神野は再び背を向けると、早足で教室に向かっていく。その後ろ姿を見送りながら、甘利田は思う。

（ここ黍名子中学に転勤して二年。まさか、あいつが転校してくるとは思わなかった。

私の食のライバル、神野ゴウ――）

神野が転校してきたのは、まだ夏の暑さが厳しい頃だった。秋となった現在に至るまで、何度も給食で競《きそ》い、そして敗北してきた。給食を食べることに勝負も競うもないが、甘利田にとって、神野はライバルという言葉が一番しっくりくるのだ。

「甘利田先生、職員朝礼、始まります」

物思いにふけっていると、職員室からやってきた真野が声をかけてきた。しかし甘利田は、動かなかった。反応のないことに苦笑しながら、真野は職員室に引き返していく。

（――私と、給食道を争う者）

給食道。甘利田にとって、神野は同じ道を歩む者であった。

甘利田が職員室に戻ると、ほどなくして職員朝礼が始まった。十数人いる教師たち全員が起立し、前にいる小柄で禿頭《とくとう》が目を引く五〇代後半の男性に注目している。

彼は、黍名子中学校の校長、箕輪《みのわ》光蔵《こうぞう》だ。

「えー、中間試験も終わり、いよいよ三年生は受験モードに突入いたします。学年主任の宗方先生はじめ、三年生担任の先生方にはご苦労をかけますが、よろしくお願いします」

ちょうど箕輪の正面に、前から宗方、甘利田、真野という順で立つ三年生の担任たち。箕輪の視線を受けた三人は、応えるように頭を下げた。

「毎度言いますが、この学校のモットーは質実剛健《しつじつごうけん》！　飾り気がなく、真面目で、たくましいという意味です！」

箕輪の声が、だんだん大きくなっていく。

「この精神で今年も受験を乗り切りましょう！」

最後に、箕輪は気合の入った拳《こぶし》を振り上げる。それに応えて「おー！」と同じ動きをしたのは、真野一人だった。

微妙な空気の中、箕輪と真野がきょろきょろと辺りを見回すと、パラパラとした拍手《はくしゅ》が聞こえてきた。甘利田は直立不動だ。

「つきましては、今晩決起集会ということでささやかですが、宴会《えんかい》をしたいと思います。できれば全員参加でお願いします。場所は駅前の黍名子倶楽部《くらぶ》でいいかなーと思っております」

箕輪が明るい声で言う一方で、宗方や他の教師たちは少し微妙そうに表情を曇《くも》らせていた。断りにくい空気ができ上がってしまったためだ。

「一応人数を確認したいので、不参加の方いらっしゃいますか？」

念のためといった感じで箕輪が問うと、甘利田が迷いなくビシッと挙手《きょしゅ》した。振り返った宗方は驚きで目を丸くしていて、それは他の教師たちや、箕輪も同じだった。

「甘利田先生……何かご予定でも」

「特に」

「だったら、三年の担任なんだし」

これなら断れまい、とばかりにニッコリと言う箕輪だったが、甘利田は手を挙げたまま、真顔で続けた。

「酒席には、良い思い出がありませんので」

その言葉に、箕輪も地雷《じらい》でも踏《ふ》んでしまったと思ったのか笑みが引っ込み、真顔になっていた。

「そ……そうですか。じゃあ、もし……気が向いたら……」

さっきとは打って変わって弱々しい声の箕輪は、誘《さそ》いの言葉を最後まで言えなかった。ここまでキッパリ拒否《きょひ》されれば、これ以上誘うのも気が引けるのだろう。

箕輪は気まずそうに誰ともなく教師たち全体を見渡すと、仕切り直すように「では」と全体に声をかける。

「皆さん……今日もよろしくお願いします！」

断られたのがショックだったのか、ヤケクソ気味な大声と共に、箕輪は校長室に足早に引っ込んでいった。

妙な空気のまま、教師たちはホームルームや授業の準備に戻っていく。

甘利田はいち早く自分の席に戻り、この空気感を欠片《かけら》も気にした様子もなく準備に取りかかるのだった。

三年一組の、朝のホームルーム。朝の騒《さわ》がしさが落ち着き始めた頃、甘利田は自席から立ち上がって黒板の前まで来ると、教卓《きょうたく》に手を突いた。

「中間が終わって、いよいよ受験だ。お前ら受験生にとって、何が大事かわかるか？」

呼びかけられた生徒たちは、近くの席同士で顔を見合わせるだけで、答える素振りはない。

周りの様子をうかがっていた一人の女子生徒が、甘利田を見て挙手した。挙げる手も姿勢もまっすぐで真面目そうな、長い髪を後ろで束《たば》ねている生徒だ。学級委員の皆《みな》川《がわ》佐和子《さわこ》だった。

「集中力だと思います」

「その通りだ。皆川、何に集中する」

「そりゃあ、勉強……」

「健康だ」

当然のことを言ったつもりの皆川は少し笑っていたが、すぐにその笑みが消える。予想外の言葉で遮《さえぎ》られたからか、皆川はそれ以降の言葉を呑《の》み込むように黙《だま》った。

「元気がなければ、何もできない。勉強だってできない。元気でいたければ、メシを食わなければならない。しかも……おいしくだ」

淡々《たんたん》と、それでいて威圧的な甘利田の声が、静かな教室に響《ひび》き渡る。

「受験に失敗したくなければ、メシに集中しろ。よく嚙《か》めば、ブドウ糖が出て脳が活性化する」

パンや米などの炭水化物は、よく嚙むことで唾液《だえき》に含まれる消化酵素によってブドウ糖に分解され、体内でエネルギーとなる。咀嚼《そしゃく》するという行為そのものも脳への血流を促し、脳の様々な部位を同時に刺激《しげき》することで、活性化させるのだ。給食のことばかり考えている甘利田ではあるが、意外と理に適《かな》った指導だった。

「そうすれば、解けない難問も楽勝だ。食べる行為、即《すなわ》ち生きる術《すべ》。これが人間の基本だ。忘れるな」

生徒たちからは、すぐに「はい」と力のこもった声が返ってきた。表情は様々だが、皆甘利田の言っていることを、本人たちなりに受け取っているようだ。

甘利田が生徒たちの様子を見渡していると、ふと窓際の席に座る神野に目が留まる。

なぜか、もぐもぐと口を動かしていた。何か食べている動きだが、本当に口の中に何かが入っているというより、「もぐもぐ」と嚙む動きを再現しているように見える。

そのうち神野の顔が、黒板の隣に貼られている献立表に向いた。じっと何か考えているような表情だったのが、だんだん笑顔になっていく。

(なんだ……なんだその顔は)

神野の様子が気になりすぎて、じっと見てしまう甘利田。妙な沈黙が永遠に続きそうな雰囲気《ふんいき》の中、ホームルームの終わりを告げるチャイムが響き渡った。

(神野の奴、一体何を思いつきやがった)

ホームルームが終わった後、悶々《もんもん》としたままの甘利田は配膳室まで足を運んでいた。食器や寸胴鍋《ずんどうなべ》、牛乳瓶《ぎゅうにゅうびん》の入ったカゴが載《の》った棚《たな》から、中を覗《のぞ》き込もうとしていると、「あら、甘利田先生、おはようございます」ちょうど配膳室から出てきた給食のおばさんこと、牧野文枝《まきのふみえ》が声をかけてきた。牧野の挨拶に合わせ、甘利田も会釈《えしゃく》する。

「おはようございます」

「先生も気になるんですね」

「何がでしょう」

「今日は、ナポリタンですからね。さっき神野くんも来てましたよ」

「食事は受験に大事であると生徒に言った手前、確認に寄ったまでです」

淡々としながらも言い訳する甘利田は、ぐいっと牧野に顔を近づけた。

「神野と同一視されるのは心外です」

最後だけ、妙に威圧を込めて言い放つ。その圧に押されつつも、牧野は「はいはい、そうですか」と話を合わせた。

「ではどうぞ、ご確認を」

「いえ、結構」

顔で配膳室の中を示す牧野に対して短く返すと、甘利田はくるりと背を向け立ち去っていく。

その背中を、牧野が「何しに来たんだ？」とでも言いたげに首を傾《かし》げて見送っていることなど、知る由《よし》もない。

その足で、甘利田は職員室に帰ってきた。

最初は授業の準備をする周りをうかがっていたが、意識はすぐに献立表に奪われた。

献立表を取り出すと、周りを気にせずバンッと大きな音を立てて引き出しを閉める。

隣の席である宗方や真野が一瞬驚いて甘利田に注目するが、すぐに「いつものことか」と自分の作業に戻っていく。

一瞬前まで周りをうかがっていたのが嘘《うそ》のような迂闊《うかつ》さだ。甘利田自身は「給食好きを隠しているつもり」なのだが、献立表を前にしたら周りをうかがうことなどどうでもよくなるのだろう。

（神野の奴め、今日はどんな作戦を立ててやがる）

今日の献立を見つめ、改めて確認する。

（ナポリタンをコッペパンに挟んでナポリドッグか。いやそんなイージーな真似《まね》には走らんだろう。だとすると、フルーツヨーグルトとのコンビネーションか？　いや、まさかのかき玉汁とのコラボ……）

そこまで想像してから、考えるのをやめた。

（まあいい。私は私の、給食道を極めるのみ）

そのときになればわかる——甘利田は、来たる給食の時間を待つことにした。

時は流れ、四時間目終了のチャイムが鳴った。甘利田が待ちわびた、給食の時間だ。

教室では、生徒たちが給食を食べる準備として机を動かし、グループ分けをしている。その中で、神野はいち早く机を動かして席に着くと、目を閉じていた。机を移動させる騒がしい空間で、瞑想《めいそう》でもしているようだった。

教室で机を動かしている間に、給食係は配膳室へ急ぐ。食器や平らな給食缶、牛乳瓶の入ったカゴをそれぞれ持つと、楽しそうに談笑しながら教室まで運んでくる。人気のナポリタンは、自然と配膳係に「ナポリタン多めで」と要求する生徒を続出させた。配膳を待つ騒がしい列に並んだ神野は、軽く身を乗り出して、配膳の様子を眺《なが》めている。

その少し後ろには甘利田も並んでいた。神野がどういったプランで給食を食べるのかが気になって仕方がないため、配膳の様子と神野の挙動をチラチラうかがっている。そんな甘利田を見て笑っている生徒もいれば、気にせず友人同士で喋《しゃべ》っている生徒もいる中で、列は少しずつ進んでいく。

ひととおり配膳が済むと、生徒たちは各々席に戻った。ほどなくして、校内放送で黍名子中学校の校歌が流れ始める。

真面目に歌っている者もいれば、時折、笑いをこらえるような表情をしている生徒もチラホラいる。その中で唯一、神野だけが満面《まんめん》の笑みを浮かべていた。

そんな神野以上に嬉しそうなのは、甘利田だった。歌いながら身体《からだ》を揺らし、時に楽しみにしていたナポリタンの器を掲げ——教室で唯一、ノリノリで動いていた。生徒の一部が笑いをこらえているのは、視界に甘利田の姿を捉えているからだろう。そんないつもの校歌斉唱が終わると、前に出て歌っていた日直の二人が「手を合わせてください」と声をかけた。一同が合掌《がっしょう》するパンッという音が響く。

「いたーだきます」

日直に続いて「いたーだきます」の声が教室を満たす。こうして、黍名子中学校の給食の時間が始まった。

「……いただきます」

小声で、噛み締めるように呟《つぶや》く甘利田の頬は、緩み切っていた。笑顔のまま、黒縁メガネを外す。甘利田にとっての、給食を食べる際の儀式《ぎしき》だ。

（今日のメニューは、キングオブジャパニーズスパゲティ、みんな大好きナポリタン）

細切りピーマンと薄切り玉ねぎとウインナー、そしてスパゲティがケチャップで赤く染まったナポリタンが、トレイの中央に陣取る。

その右側の器には、たっぷり入った卵の黄色が鮮やかな汁物。ナポリタンの左には、給食になじみ深い細長いコッペパン、傍《かたわ》らにマーガリン。右上には青いフィルムのかかった瓶牛乳が置かれている。

（贅沢《ぜいたく》に卵を投入した、汁物の中でも地味ながら幅広いファン層を獲得している、かき玉汁。全ての給食の伴走者、コッペパンに、瓶牛乳）

さらに、トレイの左上には、白いヨーグルトにリンゴ、キウイ、ミカン、パイナップル、サクランボが入った器がある。

トレイの上を確認すると、甘利田は精神統一のため目を閉じた。

（そしてデザートに白い悪魔、フルーツヨーグルトという取り合わせ。なんて見事な献立だ。今日一日、気持ちの高まりを抑えていたが、ついにスパークの時が来た。誤解を覚悟《かくご》で言うのならば、もはや受験どころではない）

口に出していたら、色々な意味で大変なことになっていただろうが、さすがの甘利田でも胸の内に抑えられる程度の分別はある。それはそれとして、給食のために学校へ来ていると言っても過言ではない、と（内心で）豪語する甘利田なので、特に不思議ではない本音の言葉だ。

目を開けた甘利田は、トレイに載った先割《さきわ》れスプーンを素早く手に取った。

（今日の日ほど、この先割れスプーンのありがたみを感じる日はないだろう。ナポリ

タンに対するフォーク、汁物とデザートに対するスプーン。まさに両刀。人類の英知が生んだ、魔法の匙《さじ》だ)

先割れスプーンを掲げると、慈《いつく》しむように見つめてそんなことを考える。食べるものだけでなく、給食で使う道具にまで思いを馳《は》せることのできる甘利田だった。

(まずは、これだ)

最初に手をつけたのは、かき玉汁の器。両手で大切そうに持ち上げると、指で挟んでいた先割れスプーンで、汁だけをまずは一口する。

(やさしーい味じゃないか……)

その心情を表すように、甘利田も穏《おだ》やかで優《やさ》しい笑顔になっていた。

ほんのり香《かお》る醬油《しょうゆ》が存在感を出しつつも、昆布《こんぶ》と鰹《かつお》の和風だしの旨味《うまみ》がしっかり口の中に広がり、塩分だけでは感じられない優しい味に仕上がっている。そこに僅《わず》かに残るごま油の香りが、さらに口当たりを柔らかくしていた。

笑顔のまま、器の底が見えないほどにたっぷり浮いている卵を、ごっそりと掬《すく》い上げる。それでも器の底は、まだ見えない。

(この地域の給食の特徴なのか、かき玉汁の卵がとにかく贅沢に入っている。このどっしりとした卵はどうだ。脇役感《わきやくかん》を感じさせない、おかずとしての汁物になってい

る）

先割れスプーンで掬った卵を頬張ると、味わうようによく嚙む。汁そのものの旨味を吸った卵の滑《なめ》らかな食感が、舌を楽しませる。

（うまい。これはもはや、かき玉汁ではなく、天津《テンシン》スープだ。隠し味にごま油を使っているあたり、中国大陸からの風を感じざるを得ない）

卵が口の中からなくなると、甘利田はかき玉汁の器をトレイに戻し、ナポリタンの器を手に取った。

（早くも今日の本丸だ）

先割れスプーンを容器に差し入れ、先端でくるくると巻き上げる。しっかり巻きついたナポリタンを、ゆっくりと口に運んだ。

トマトケチャップの酸味《さんみ》と、ほのかな甘み、スパゲティを茹《ゆ》でる際に入れる塩の味が口内に広がる。そこに、嚙むことでスパゲティの小麦粉の甘さが引き出され絡み合った。ピーマンはほどよく火が通っているので苦みが少なく、玉ねぎと共にシャキシャキした食感が楽しめる。

（なんたる多幸感……！）

緩み切った表情の甘利田は、抑えられない幸せな感覚に、思わず身体を左右に揺らす。その間もしっかり咀嚼していく。

（幸せホルモンが脳内で分泌される音が聞こえるようだ。なぜ君は、こんなにもうまい。なぜ君は、私を幸せにする……）

心の中で問いながら、甘利田はナポリタンの器をただ見つめたり、鼻を近づけて香りを楽しんだりしていた。

「イタリアでは、スパゲッティじゃなくてパスタって言うんだって」

（ん？）

そこにふと、生徒の少し気取った話し声が飛び込んでくる。引き寄せられるように、甘利田の視線が声の主、皆川に向いた。

皆川は現在、後ろを振り返り、別のグループで給食を食べている女子生徒と話をしていたようだ。長い髪を二つに分けて結んだ、穏やかな顔つきの女子生徒、俵《たわら》みな子だ。

「ふーん……じゃあ、これは？」

俵は言いながら、皆川にナポリタンの器を差し出していた。

「それは、ナポリタンパスタ、かな」

俵の持っているナポリタンの器を指差しながら、少し得意げに答える皆川。

「へぇ……じゃあ、『スパゲッティ』って何語？」

皆川の言い方を真似た俵がさらに問うと、直前の得意げな様子とは違い、皆川は「わかんない！」と笑った。つられるように俵も笑う。明確な解答がなくとも、二人は楽しそうだ。

（フン、ガキが知ったかぶりを）

密《ひそ》かに皆川と俵の会話を聞いていた甘利田は、興が冷《さ》めたとばかりに仏頂面《ぶっちょうづら》になると、持っていたナポリタンの器を置く。

（スパゲティはイタリア語で『紐《ひも》』という意味の言葉だ。パスタの一種なので、どちらでも間違いではない……だが、論点はそこではない）

そこまで内心で蘊蓄《うんちく》を述べた直後、甘利田は机をドンッと叩いて立ち上がった。瞬間《しゅんかん》、教室が静かになり、生徒たちが注目する。

「イタリアのナポリに、ナポリタンはない」

力強く語られた蘊蓄が響き渡ってから数秒間、教室に無音の時間が訪れた。その後生徒たちの間に騒がしさが戻ったことで、甘利田はハッとした。

（しまった！　つい、口走ってしまった！）

普段なら内心に留めている蘊蓄が飛び出した口を、思わず塞《ふさ》ぐ甘利田。不思議そうに甘利田を見る生徒もいれば、気にせず給食の続きを楽しむ生徒もいる。ナポリタンについての蘊蓄は、あまり響いていないようだった。

（まあ、いい。どうせ子供にはわからん世界だ）

　自分に言い聞かせるように内心で呟くと、とりあえず椅子《いす》に座り直した。これでも「給食好き」を周りに悟《さと》られていないと思っている甘利田の神経は、かなり図太い。

（重要なのは、ナポリタンは日本で創作された、和風パスタ料理第一号だということだ。口に入れればとにかくねっちゃり、そしてべっちゃりもっちゃり、皿の上ではぐっちゃり。間違ってもアルデンテなどであってはならない）

　内心の呟きであっても、擬音《ぎおん》の部分は妙にテンションが高かった。しかもこの擬音のチョイスでは、おいしそうには思えない。だが、甘利田にとっては、給食に対する賛辞の言葉だった。

　甘利田だって、ただただおいしい食べ物や料理も好きだ。だが彼にとっての給食は、「味が良い」とか「食材が良い」とか、「手間暇《ひま》がかかっている」というだけでなく、「給食らしさ」を含めて愛している。

（昨日茹で上げて冷蔵庫《れいぞうこ》に眠っていたようなブヨブヨのスパゲティが好ましい）

　ゆえに、このような一見貶《けな》しているような表現でも、甘利田にとっては称賛なのだった。

「――うめぇ！」

再びナポリタンに口をつけようとしたとき、男子生徒の声が甘利田の意識を教室内に引き戻した。

向いた視線の先は、先ほど背中越しに皆川と話していた、俵のいるグループ。声の主は、その中の目が大きくやんちゃそうな顔つきの男子生徒・的場《まとば》達也《たつや》のものだった。

「やっぱ、ナポリタンうめぇな！」

的場は嬉しそうに言うと、ナポリタンの器を抱え込むようにして、勢いよくかき込み始めた。ナポリタンのケチャップが口の周りにつこうがかまわず、ガツガツ食べていく。

（出た。バカの的場のがっつき……今日はまた、一段と目が……バキバキにいっちゃってるな）

甘利田の内心の言葉は、明らかに的場をバカにしている。だが、なぜかその的場に後光が差しているように見えた。それが見えているように、俵や他の男子生徒たちも拍手をして的場を称《たた》えている。

しまいには、他の男子生徒たちも「俺も負けてられねぇな」と、的場と同じようにナポリタンをかき込み始めた。女子の俵は勢いこそなかったが、何かに目覚めたかのごとくカッと目を見開き、嬉しそうにナポリタンを頬張っている。

（いい食いっぷりだ……）

力強く、一心《いっしん》不乱《ふらん》にナポリタンを楽しむ生徒たちに、次第に甘利田の表情に羨《うらや》ましさが浮かび上がってくる。拍手しようと思わず手が持ち上がったときだった。

（……いかんいかん！　的場の姿が神々しく見えてきた。ただの給食をありがたくいただく。その素直な姿は、なんと神々しいことか。あれこれ蘊蓄を考えていた自分が小賢《こざか》しく思えてきた。そうだ。給食はおいしく楽しく食べるべきだ）

そんなことを思いながら、甘利田は改めて給食の載ったトレイを見つめると、納得したようにうなずいた。決意を示すように、先割れスプーンを強く握り直し、構える。

（負けてられん……では、いざ！）

すぐにナポリタンの器を持ち上げると、勢いよく頬張る。まだ「大人だから」という気持ちが残っているからか、的場たちのように口の周りをケチャップだらけにすることはないが、ガツガツと食べる。

ナポリタンを堪能《たんのう》すると、かき玉汁を飲み、コッペパンをつかみ取ってかぶりつく。もぐもぐと咀嚼すると、コッペパンに捧げた水分を補給《ほきゅう》するように、再びかき玉汁をぐいっと飲む。口の中が潤《うるお》い、ほどよい塩気がまたもコッペパンを欲する口に変えていく。

コッペパンを半分くらい食べると、またもかき玉汁。今度は先割れスプーンで卵をたっぷり掬い上げ、汁と絡んだ卵の味と食感を楽しむ。

そしてナポリタンに戻り――そんなローテーションで、給食を食べていく。途中で集中しすぎて口の周りどころか鼻先や頬までをケチャップだらけにしたことに気づき、ハンカチで拭《ぬぐ》うという動作を挟みつつ。

（一心不乱にがっつく。これこそが給食に向き合う唯一の心構え。なんと清々《すがすが》しい気分だ。まさに私は今、ゾーンに入っている）

勢いづいた高いテンションで、給食に向き合い続けた。

途中でコッペパンにマーガリンを塗《ぬ》って食べ、デザートのはずのフルーツヨーグルトもかき込む。最後のナポリタンを食べ切り、そしてかき玉汁を飲み終えると、今日まだ一度も手を付けていない、瓶牛乳を目の前にドンッと置く。フィルムとキャップを外すと、牛乳を一気に飲み干《ほ》した。

空《から》になった瓶牛乳を目の前に叩きつけるように置くと、その勢いで後ろに倒れ込む。

（今日も無事、仕上がった……）

脱力した甘利田は、幸せそうな表情で目を閉じた。

（……ごちそうさまでした）

給食を楽しみ切って満足した甘利田だったが、ふとあることを思い出した。

メガネをかけた甘利田の視線は、神野に向いていた。目を閉じ、味わうように咀嚼し続けている。

（あいつ、何をしている？　いつまでももぐもぐと……）

そこまで思って、甘利田はハッとした。その脳裏には、今朝のホームルームのことが蘇《よみがえ》っていた。

『よく噛めば、ブドウ糖が出て脳が活性化する。そうすれば、解けない難問も楽勝だ』

（あいつ……脳を活性化しているのか）

甘利田自身が言った言葉を思い返していると、何か思いついたらしい神野の目が見開かれた。

器の一つを引き寄せると、その上にナポリタンを移し始めた。ナポリタンを受け止めるのは――

（卵のカーペット！）

　かき玉汁にふんだんに使われた卵が、ナポリタンと同じ平らな器に広げられている。あらかじめ、器を一つ多く入手しておいたのだろう。

（丹念に汁気を飛ばして、ナポリを受け入れる準備万端ではないか……！）

　卵のカーペットの上に、ナポリタンを載せていく。

（そ、それは……まさに……）

　ナポリタンを移し終えたとき――甘利田の目には、楕円形《だえんけい》の鉄板皿に卵が敷かれ、その上にナポリタンが載っている、ように見えていた。

（名古屋《なごや》の喫茶店《きっさてん》、ナポリ！）

　神野は満足そうに頬を緩めながら、先割れスプーンでナポリタンを巻き上げた。すぐには口に運ばず、芸術品でも扱うように持ち上げて、じっくり鑑賞する。

（やめろ……やめてくれ！　鉄皿でナポリが焼かれる音が……！）

　ジュージュー、という鉄板皿の上で焼ける音と、その香《こう》ばしい匂いまで、甘利田は感じている。

　甘利田が動揺《どうよう》する中、神野はついにナポリタンを口に入れる。味わうように再びもぐもぐする神野の表情は、ただただ至福だった。

そんな神野を、血走った目で見ている甘利田が内心で叫ぶ。

（うまそげじゃないかー！）

一方、神野は卵のカーペットをめくり、そこにナポリタンをくるんで、さらに一口。よく噛むその顔は、喜びに満ちていた。

食べている神野を、行き過ぎた羨望《せんぼう》で血走った目のまま見つめる甘利田は、なんとか声を出さずにいるのが精いっぱいだった。

（なぜ、気づかなかった……卵はあったじゃないか……あれだけナポリタンの蘊蓄を脳内で語っておきながら、かき玉汁としては不必要にふっくらした卵を認識していながら、そのたったひと手間に至らなかった……うう！）

かき玉汁としての「どっしり」した存在感を放つ卵。ゆえに、ふっくらとした「ナポリタンに敷くにふさわしい卵」であると認知できなかったようだ。

さっきまでの自分を思い返し、甘利田は羨ましさと絶望にのたうち回る。

今の甘利田の目には、神野が鉄板皿に載った喫茶店のナポリタンを食べているように見えている。しかしこれは三年一組の教室での出来事だった。

だが、絶望にのたうち回っていた甘利田が、ふと気がついたとき――そこは黍名子中学三年一組の教室ではなくなっていた。木製の柱、カウンター席――今、甘利田が見ているのは、喫茶店の店内だった。

（なんだ！　どこだここ！）

状況がわからず動揺する甘利田に対して、神野は純喫茶の雰囲気に適応し、堂々とナポリタンを食べ続けていた。

鉄板皿のナポリタンの下には、清潔感ある白いテーブルクロスが敷かれている。鉄板皿の周りには、フォークやスプーンを入れた小さなカゴ、スープマグ、半分に切って皿に盛りつけられたコッペパンが並べられている。

神野が座るそのテーブルの傍らにウエイトレスが、現れた。

「デザートでございます」

（誰だよお前）

甘利田の内心のツッコミなど聞こえるはずもなく、ウエイトレスは丸いトレイに載っていたガラスの器の脚を持ち、神野の前に置いた。この空間そのものが想像力の産物なので、ウエイトレスが誰なのかなど、些細《ささい》なことである。

ガラスの器に載っているのは、フルーツヨーグルトだ。本来は、ナポリタン同様、アルマイトの器に入っているはずの、給食のメニューの一つ。

「全てが……上質に見えてくる。たった卵一枚敷いただけなのに」

想像の空間だからか、気づけば脳内ではなく口に出して甘利田は呟いていた。

運ばれてきたフルーツヨーグルトを、神野が満足そうに頬張る。その姿を、甘利田は血走った目で見つめた。

「人間は、想像力でできている。食は、空間をも変える」

目の前に広がる景色《けしき》から逃れるように、甘利田は弱々しい声で頭を抱えた。

(私は愚《おろ》かだ……)

そんな嘆《なげ》きと共に倒れ込むと、受け止めたのは三年一組の教室にある、甘利田のデスクだった。先ほどまで消えていた、教室内の喧騒《けんそう》が蘇る。

(奴はブドウ糖で脳を活性化させ、与えられた材料を最大限活《い》かした……的場のがっつきに翻弄《ほんろう》されて、私は戦いの中で……戦いを忘れた)

自分の過《あやま》ちを振り返る間に、神野は給食を食べ終えていた。ゆっくり顔を上げた甘利田と目が合った神野は、満足そうに甘利田を見つめ返す。

人はときに、そんな表情をドヤ顔と呼ぶ。

(まけた……また、負けた……)

追い打ちをかけられ、甘利田は再び倒れ込んだ。デスクの上ではなく、床にだ。どすんと派手な音がしたが、教室の生徒たちは視線を送ることもなく、給食を食べ続けていた。

放課後となり、生徒たちが下校していく。その様子を、甘利田は三年一組のベランダから眺めていた。

詰襟とセーラー服が入り交じって校門へ向かう中、あの単語帳を見ながら歩いていた男子生徒の姿もあった。甘利田に言われたことなど忘れているのか、やはり単語帳に視線を落としながら歩いている。その後ろを、髪もスカート丈《たけ》も長い女子生徒たちが横切ろうとした。

単語帳しか見ていない男子の背中に、鞄《かばん》を持つ手を肩に載せていた女子生徒の腕と鞄がぶつかった。

痛みと驚きで足を止める男子生徒と、「どこ見て歩いてるんだ」とでも言いたげに睨みつけてくる女子生徒。一瞬目が合うも、女子生徒は舌打ちでもしそうな勢いで立ち去る。

まさに、甘利田が言っていたことが起きたわけだが——甘利田はそんなことが起きていることなど、気づいていなかった。

実際にはしっかり監視しているわけではなく、先ほどの給食での敗北感に苛《さいな》まれていたからだ。

「甘利田先生」

教室から顔を出したのは、真野だった。甘利田の背中に、声をかけて来る。

「そろそろ行きますよ、黍名子倶楽部」

「行かないと言ったはずです」

少しうんざりした声で言う甘利田だが、真野は気にした様子もなく明るく続ける。

「そうですけど……校長がもう一押しって」

「何押しされても行きません」

「でも、受験の決起集会ですよ」

「決起集会より、反省会です」

なかなか引き下がらない真野に、甘利田は顔だけ振り返って睨みつけた。

「反省会？　何のですか？」

きょとんとして返す真野に、甘利田はそのまま睨みつける。

「こっちの話です」

「……じゃあ、反省会で忙《いそが》しいって言っときます」

甘利田の眼力と声の圧に押された真野はそう言うと、去っていった。

給食での敗北感を引きずっていた甘利田はこのとき、本格的に反省会を始める決意をしていた。

甘利田の反省会会場——それは、駄菓子屋《だがしや》だった。

住宅街の中にある、瓦屋根の日本家屋《かおく》の横に店舗《てんぽ》スペースが張り出している。ガラス戸の出入り口の横には、アイスクリームの入った冷凍ケースが置かれ、その前には、筒状のゴミ箱を挟んで二つのベンチが並べられていた。

甘利田は目的のものを買うとすぐに外のベンチに移動し、座って買ったものを見つめた。

野球帽を被《かぶ》った子供の顔の絵がプリントされた銀色の包装紙が、細い直方体に巻きついている。その端から突き出た木の棒《ぼう》をつまみ、端から包装紙を剝《は》がしていく。

（こんな日はこれに限る。棒ミルクアイスの定番、ホームランバー）

包装紙の下からは、まばゆいほど真っ白なミルクアイスが姿を見せた。

（給食で完敗した時に、一矢《いっし》報いるおみくじアイスだ。今日の最後にかっ飛ばそうぜ、ホームラン！）

白さをしっかり見つめてから、先端にかぶりついた。口に広がる冷たさの後に、ミルクの甘みが口内を満たす。だが甘利田は、口の中で完全に溶ける前に再びかぶりついた。

おみくじの結果が焼き印された部分がすぐ露出《ろしゅつ》しないよう、上から慎重《しんちょう》に食べていく。棒が露出する最後の一口は、祈るように食べた。

出てきた棒に、焼き印の姿はなかった。表にも、裏にも。ホームランどころか、ヒットなどの文字もない。

（アウト……ハズレだ）

大ハズレだとわかった瞬間、甘利田は落胆から勢いよく残りのホームランバーに食らいついた。

（くそっ、くそっ、くそっ……！）

ヤケクソ気味にホームランバーを食らっている甘利田の前に、人影《ひとかげ》が現れる。

帰り道らしい、宗方早苗だった。

予想外の人物の登場に、甘利田はギクリとして一瞬手が止まる。そんな甘利田を見つめる宗方。何とも言えない空気の中、結局、甘利田はホームランバーを食べ切ることにした。

「……黍名子倶楽部に行ったんじゃないんですか？」

冷たいホームランバーをさらに急いで食べたせいで、甘利田の口の中はいっぱいになっていた。だが少しずつ溶けてなくなっていることもあって、何を言っているかは聞き取れる。

「そうなんですけど……ちょっと気が向かなくて」

一瞬答えにくそうにした宗方だったが、すぐに弱々しい笑みを浮かべてそう言った。その姿は、どこか落ち込んでいるように見える。

なんとなくそう感じた甘利田だったが、何か言う前に、口の中のホームランバーを飲み込んだ。

ふと、宗方の視線が、駄菓子屋店内に向いた。中を見ると、店番をしている老齢の女性・お春《はる》が、おやつの時間なのか小さなチョコレートを頬張っている。

「私も何か食べようかな」

言いながら、駄菓子屋の出入り口に歩み寄る宗方に、甘利田は慌《あわ》てて周りを見回しながら口を挟む。

「いいんですか。下校中の買い食い」

甘利田としては、学年主任である真面目な宗方の評判が落ちるのでは、という心配から出た言葉だった。目を見開き、真剣に周りの様子をうかがっている。

「先生に言われたくありません」

そう言いながら、宗方はそっぽを向いて駄菓子屋の中に消えた。とはいっても狭い店なので、宗方とお春の会話は聞こえる。

「あの、これ……」

「食うかい？」

「あ、ありがとうございます」

「売りもんじゃないから」

ほどなくして、宗方はお春が食べていたものと同じチョコレートを持って戻ってきた。

「はい、ひとつあげます」

ベンチの側《そば》までやってくると、甘利田にもチョコレートを差し出す。細長い円柱形で、手のひらで隠せそうな小さなチョコレートだ。

「……いいんですか？」

「どうぞ」

甘利田が戸惑いながら受け取ると、宗方は隣に座った。並んで、チョコレートの包みを外す。

「受験の悩みですか」

変わった形のチョコレートをまじまじと見つめながら甘利田が切り出すと、「んー」と宗方が後を続けた。

「受験のこともあるんですが……それとは別に、ちょっと」

「それは珍しい。仕事以外で宗方先生が悩んでいるのは意外です」

そう言い切ると、甘利田はチョコレートに齧《かじ》りついた。噛んでいくと、カカオの苦みと砂糖《さとう》の甘みが口内に広がる。

「私をなんだと思ってるんですか」

甘利田の言葉に、宗方はちょっとムッとした顔で小言を返した——そのときだった。

「んんっ！」

甘利田は突然声を上げた。目を見開き、明らかに動揺している。

「……どうかしましたか？」

宗方は、呑気《のんき》にそう返しながらもぐもぐと口を動かしている。甘利田が見つめる、半分齧ったチョコレートの中には、茶色がかった液体がその存在を主張していた。最初はチョコレートしかなかったはずの口の中に、とろりとした液体が滲《にじ》み出ていたことに気づく。

飲み込むと、喉《のど》の奥が熱くなる液体の正体は――

「こ……これは……なんですか」

「ウイスキーボンボンですけど」

「う、ウイスキー……」

動揺に声を震《ふる》わせて復唱する甘利田を見て、宗方は意外そうに「お嫌《きら》いでした？」と言いながら様子をうかがった。

「いえ……大丈夫ですとも」

目を見開いたままの甘利田は、どう見ても大丈夫には見えない。そのまま残りのチョコレート――ウイスキーボンボンを口に放り込み、ゆっくり咀嚼する。

その日の甘利田の記憶《きおく》は――そこで途絶えた。

メニュー二

給食パラダイスの幻

　ウイスキーボンボンを甘利田が食べ切った、その翌日。

　黍名子中学の校門前には、いつも通り宗方、真野の姿がある。甘利田も当然、普段と同じ配置についている。

　だが甘利田がいつも通りなのは、立っている場所だけだった。

　ぼーっとしており、時折首から倒れそうになるのをどうにか足を前に出して耐《た》え、というのを繰《く》り返《かえ》している。酔拳《すいけん》の動きに似ているような気もするが、結局はただフラフラしているに過ぎない。

　生徒たちはシャツが出ていないかホックがきちんと留めてあるかを気にしているが、いつもと違い甘利田が注意する様子はない。そのまま挨拶だけして、校門を通っていく。

　その様子を見かねて、真野は宗方に歩み寄ってきた。

「甘利田先生、なんか変じゃないですか？」

　宗方は神妙な顔を返すだけで、何も言わない。

　そんなやり取りの間にも、生徒たちはどんどん校門を通り抜けていく。

(おそるべし、ウイスキーボンボン……あんなちっぽけな酒で、こんなにもひどいことになるとは……)

頭痛がして、身体がふらつく。甘利田は二日酔いの症状に襲《おそ》われていた。

(あの駄菓子屋からどうやって帰ったか、まったく記憶にない……そういえば)

ふと、あのとき、そこにいた記憶のある宗方の存在が気になり、視線を向けてみる。視線が合った瞬間、宗方は露骨《ろこつ》に目をそらす。表情だけでは読めないが、何か思うところがあるような顔つきだった。

(なんだ……何があった……)

宗方の様子が気になるものの、真野や生徒たちが行き来する校門で確認するのは悪《あく》手《しゅ》のように思えた。そもそもこんな状況で何をどう言えばいいのかも、今の甘利田には判断ができない。

その後、ふらつきながらも職員室まで戻り、他の教師たちを押しのけて何とか自分の席にドカッと座る甘利田。

(……なんとか昼までに快復させて、万全の状態で臨む必要がある。そのためにも、今日のメニューを意識しておこう)

パンパンッ、と自分の頬を叩き、甘利田は気合を入れて引き出しを開けようとした。

ふと視線を感じて隣を向くと、宗方がじっと甘利田を見ていた。

「……あの……何か」

甘利田が声をかけると同時に、宗方は返事もせず授業の準備に戻ってしまう。表情らしい表情がなく、怒っているのかどうかもわからない。

（本当に……一体……何があったんだ……）

二日酔い症状の頭痛に、さらなる痛みが上乗せされたような気分になっていた。

献立表を見るよりも、直接確認しに行こう——そんなことを意識して考える余裕《よゆう》もない甘利田は、無意識に配膳室にやってきていた。

足をふらつかせ、バランスを崩《くず》した先には、給食缶が詰まれたカートが置かれていた。配膳室から出てきた牧野が「あ、先生」と声をかけた瞬間、甘利田は抱き着くように給食缶に倒れ込む。

「先生！　どうかしたんですか？」

「どうかした、とは？」

「いつものオーラが消えてますけど」

「いつも……オーラなど……出してません……」

気の抜けた声の甘利田に異常を察した牧野は「あ、そうだ！」と声を上げた。

「ちょっと待っててくださいね」

そう言って配膳室に一度引っ込んだ。すぐに戻ってきた牧野は、一枚の紙を持っていた。

「先生、こんなの来てました」

給食缶の上に倒れ込んだままの甘利田に、「見て」と紙を差し出す。そこには「給食センターだより」と書いてある。

「……こんなもの、いつも……来てた……のか？」

朦朧《もうろう》として気の抜けた独り言のような甘利田の言葉に、牧野は「ううん、初めて」と首を振って応える。

「まあ、なんてことないことしか書いてないみたいだけど、先生、読みたいかなと思って」

牧野の声を聞きながら、給食センターだよりをぼーっと見ていた甘利田だったが——ある二つの言葉に、反応を見せた。

【給食メニュー改革決定！】

【新給食試食会を開催します！】

給食缶に倒れ込んでいた甘利田の身体が、すっと起き上がる。

「おお、オーラが出てきた！」

復活した甘利田を見て、嬉しそうな牧野。だが甘利田は、圧をかけるようにぐいっと牧野に顔を近づける。

「オーラなど出していません」

「え、そう？」

「はい」

声や言葉の圧は戻ってきたが、牧野はさして気にしていないようだった。

「じゃ、返していただきまーす」

牧野が給食センターだよりの紙をつかむが、甘利田は放そうとしない。さらに引くが、放さない。

結局、無言の圧力で給食センターだよりを手にした甘利田は、来るべき日に向けて準備をすることになった。

その週末——甘利田は、「黍名子市給食センター」にやってきていた。

横に広い敷地には青々とした芝生《しばふ》が敷かれ、清潔感ある白壁の建物が広がる。その中庭や建物伝いの通路から、三〇代から四〇代くらいの女性たちが続々とやってきて、「新給食試食会会場はこちら」と書かれた案内板のあるガラス戸の奥へ消えていく。今日の試食会に参加する保護者たちだ。片側が開け放たれたガラス戸の横には、制服姿の男性警備員が立っていた。

　階段を上がった先にある試食会場は、多目的ホールのような広々とした空間だった。

そこには折《お》り畳《たた》みの長机や椅子、ホワイトボードが置かれている。

保護者たちはすでに席に着いており、甘利田も後ろのほうに座っていた。

　室内だというのに青いキャップを目深《まぶか》に被り、赤と白のチェック柄のシャツの上に、真っ赤なジャンパーを着ている。さらにサングラスまでかけているせいで浮いているうえに唯一の男性だったが、今のところ不審がられている様子はなかった。本人がそう思っているだけかもしれないが——本来は保護者対象である試食会への潜入、とりあえず成功である。

　そこに、白衣《はくい》の男性たちが入ってきた。さっそく資料を配付すると、前方ホワイトボード横に置かれた長机を前にして立つ。

「皆さん、お休みのところわざわざ足を運んでいただき、ありがとうございます。私、黍名子市給食センターで管理栄養士をしております、四方田《よもだ》と申《もう》します」

白髪《しらが》を整えた五〇代くらいの男性・四方田岳《がく》が、穏やかな笑みを浮かべて名乗る。

「同じく真田《さなだ》です」

その隣に立つ、二〇代後半か三〇代くらいの男性・真田も愛想《あいそ》よく笑うと、二人で「よろしくお願いします」と声を揃《そろ》えて頭を下げた。会場にいる保護者たちも、それぞれ挨拶を返す。

「本日は、お子さんたちが日ごろ食べている給食を親御《おやご》さん方にも味わってもらい、安心していただくという趣旨で実施《じっし》する試食会になります。特に来月から実施予定の健康増進の献立計画に則《のっと》りまして、より健康に留意したメニュー編成になりましたので、その辺りのご説明もさせていただければと思います」

周りの女性たちは、四方田の話を聞きながら手元の資料を眺めるか、四方田たちのほうを向いてフンフンと興味《きょうみ》深そうに話を聞いていた。

「……」

しかし甘利田だけは、微動だにしない。甘利田の頭には、給食を試食することしかないからだ。

説明が終わると、前方を向いて並べられていた長机は、四方田や真田、他の職員たちによってコの字型に移動された。

甘利田や保護者たちが再び席に着くと、職員たちがワゴンから保護者たちの前に食器やパンを一つずつ載せながら、移動していく。

（な、なんだ……これは。なんというメニューだ）

甘利田の前にも全てが揃った。給食センター職員が通過すると同時に、甘利田はサングラスを外し、上着のポケットにしまう。奇《く》しくも、給食前にメガネを外す儀式を、サングラスで行うこととなった。

（パ……パラダイスじゃないか……！）

内心では踊りだしたくなるほどテンションが上がっている甘利田だが、どうにかそれを抑えて目の前の給食と向き合っていた。

トレイの上に載っているのは、見慣れた瓶牛乳、コッペパンと砂糖のまぶされたアゲパンも並ぶ。左端の容器には玉ねぎとグリーンピースのカレーライス。中央には千切りされたキャベツとニンジンに載った鯨《くじら》の竜田《たつた》揚《あ》げ。トレイの上のほうには、プラスチックの容器に入ったマカロニサラダとイチゴジャムだ。塗りやすいようにという配慮か、デザート用の小さなスプーンがついていた。

甘利田の喉が、ゴクリと鳴った。

（まさにオールスター。夢の競演！）

目が血走り、今にも飛びつきそうになるも、甘利田は自分の手を押さえて止める。

（あ、焦《あせ》るな、焦るな……今日はあくまでも試食会。視察に来たまでだ。給食を堪能しに来たわけでは……ない）

内心では冷静になろうと必死だが、実際にはやたらと呼吸が速いため怪しさが倍増している。

（だが……これは、たまらん……）

過呼吸はなんとか治まってきたが、目の前の給食への渇望《かつぼう》は結局止められないのだった。

（まずは、カレーから）

気を取り直して、先割れスプーンを手にすると早速カレーに手を伸ばした。慈しむように、ゆっくりカレーを口に運んだ――その瞬間。

「……ん？」

思わず、甘利田の口から声が漏《も》れた。

（これは……カレー、なのか？）

見た目は完璧《かんぺき》に、カレーだ。慣れ親しんだ独特のスパイスの味も、しないわけではない。

（確かにカレー風味だが、何かが違う……）

その違和感が何かを考えながら、疑念《ぎねん》を持ってカレーの皿を見つめる。もう一度食べようと先割れスプーンを動かすが、口に運ぶのがためらわれた。

「皆さん、いかがですか」

そのとき、保護者たちの様子を見て回っていた四方田が、ちょうど甘利田の近くまでやってきた。帽子《ぼうし》をさらに目深に被って顔を隠しつつ、甘利田は「すみません」と四方田に声をかける。

「これは、カレーですか？」

「そうですね」

「何か、変えたんですか？」

「はい？」

甘利田の問いの意図が理解できず、不思議そうにしている四方田。保護者は、大人になってから給食を食べる機会はないはずなので、あまりストレートに「いつもの給食と違う」と言うわけにはいかない。

「あ、いや……前はもっと、こってりしていたかと」

なんとか言葉を選んだことで、四方田には言いたいことが伝わったようで「ああ」と納得したように口を開いた。

「今回、健康増進施策の一環で、栄養素の重視と肥満《ひまん》防止の観点から、カレールウをヘルシーにしているんです」

「……は？」

言っている意味がわからず、甘利田の口から間の抜けた声が出る。気づいているのかいないのか、四方田は続けた。

「なるべく油分を減らして、七つの栄養素を加えました。カレーは子供たちに人気ですから、身体に良い要素をたくさん入れています」

四方田はニコニコしながらそう言うと、甘利田の反応も待たずに歩き出した。自信に満ちた回答で、納得しないわけがないと確信しているかのような態度だった。

（何を言っているか、まったくわからん……なんだあいつ）

憎々しげに四方田を見送った甘利田は、気を取り直してトレイと向き合う。

（次は、アゲパン）

砂糖が振ってあるアゲパンを手に取り、ちぎって口に入れる。口の中の水分が、いつもの給食のコッペパン以上に吸い上げられる感覚に襲われた。

（パッサパサ！）

口の中の水分を搾取《さくしゅ》してきたアゲパンを、戸惑いと憤《いきどお》りの混じった目で観察する。

（ええ？……本当に揚げているのか、これ。しかも砂糖控《ひか》えめじゃねぇか。アゲパンのいいところが全て打ち消されている。これでは、アゲパンかコッペパンかわからん）

怒りと失望を込めて、手についた砂糖を力いっぱいはたいて落とす。隣の席の保護者が嫌そうな顔をしていたが、甘利田はそれどころではない。

（よし来い、次は鯨の竜田揚げ）

竜田揚げを口にした瞬間、衣のふにゃりとした食感に甘利田は顔を顰《しか》める。いつも食べている鯨の竜田揚げから感じる、醤油の存在感もなかった。

（こんなにも……カリッとしていない竜田揚げは、は、初めてだ……）

絶望感に、甘利田の唇がわなわなと震える。

縋《すが》るように、次はマカロニサラダの器を手に、一口。ハムの塩気が弱く、卵の味に負けている。そもそもマヨネーズの風味がほぼしない。

あまりの味気無さにびっくりした甘利田は、吐《は》き出《だ》してしまいそうになった。その動きに周囲の保護者たちもビクつく。口に入った分は、なんとか咀嚼して飲み込む。

（……なんだこれは。給食センターは、給食を台無しにするつもりなのか……）

納得などできなかった。最後に、本来ならパッケージに入っているはずのイチゴジャムが載った器を睨む。

（お前こそは……イチゴジャム）

一縷《いちる》の望みを託して、小さなスプーンでイチゴジャムを掬う。

甘くはある。だがさらりとした甘さで、そのままでも食べられてしまう。パンに塗るものとしては、かなり甘さ控えめだった。

（ジャムまでヘルシーになってやがる。あのクラクラするくらいの下品な甘さはどこへ行った！）

　器とスプーンを持ったまま、口だけでなく全身が震え出していた。さっきから挙動不審な甘利田を気にしていた周囲の保護者たちは、不審そうに――というより怯えた様子で、甘利田に視線を向けていた。

「そろそろ、デザートの冷凍ミカンをお配りしますね」

　真田が全体に向けて声をかけると、真田を始めとした他の職員たちが、皿に載った冷凍ミカンを配り始めた。

（冷凍ミカンか。こればかりはヘルシーも何もないだろう。果実そのものだからな）

気持ちを新たに、ウキウキしながら待っていると、真田が冷凍ミカンを載せたプラスチックの容器をトレイに置いた。それを見た甘利田は、ギョッとした。

（剥《む》かれてるー！）

皿に載った冷凍ミカンは、すぐにでも食べられる状態で目の前に鎮座《ちんざ》していた。あまりのショックに、冷凍ミカン（皮なし）に顔を近づけ、驚愕《きょうがく》で口をあんぐりと開ける甘利田。

「これは……なんだ……」

あまりの衝撃に、震える甘利田の声を聞きつけた真田が、「どうしましたか」と声をかけてくる。

「なぜ、剥かれている？」

「えっと、冷凍ミカンの皮が凍っていてなかなか剥けない子が多いので、皮を剥いた状態で冷凍してます。これなら断然、いけますよね」

笑顔で説明する真田のすぐ近くでは、ちょうど冷凍ミカンの器を持って「食べやすくていいわね」と話している保護者たちの姿もある。

しかし甘利田には、その「食べやすさ」が受け入れられなかった。

「断然いけます、だと」

怒りのこもった声で呟くと、甘利田は冷凍ミカン（皮なし）をつかみ取った。机をどかして進み出ると、真田の顔の前に突き出す。

「これは……冷凍ミカンではない。なぜなら、冷凍ミカンを食べるということは、悪戦苦闘しながら皮を剝くという行為も含まれるからだ」

言いながら詰め寄る甘利田に、真田は少しずつ後退《あとずさ》りする。

甘利田は何度も、冷凍ミカンに悪戦苦闘してきた。他の給食を早く食べ終えたが故に手持《ても》ち無沙汰《ぶさた》な時間ができたり、それを嫌って焦って皮を剝こうとしてなかなか剝けなかったり、それを創意工夫《そういくふう》で乗り越えた神野に敗北感を与えられたり。

そういった特殊な事情を知らない人間からすれば、真田のように「……で、ですが」と反論するしかない。

甘利田は、それを許さなかった。

「ミカンだけではない。ここに並んだ献立はどれもこれも、一見子供を思っているように見えて、本質を見失っている！」

自分のトレイに載った器を見つめながら、甘利田は感情に任せて怒鳴っていた。

異常事態に気づいた四方田が、顔色を変えて真田の隣に並ぶ。

「どうしました？」

「こちらの方が、本質がどうのって」

「本質？」

わけがわからないといった表情の真田から話を聞きながら、四方田は異様《いよう》な様子の甘利田に目を向ける。それを見ていたスタッフが、駆け足で部屋を出ていった。

「給食のなんたるかを、あんたたちはまるでわかってない！」

甘利田の空気に支配された室内は、しんと静まり返った。そんな中、四方田は少しムッとした様子で口を開く。

「どういう意味でしょうか？」

自分を見据《みす》える四方田を睨み返し、甘利田はゆっくり歩み寄る。四方田の目の前に立つと、ボタンで留まった白衣の合わせ部分を指でつまんだ。

「白衣を着た実験屋が踏み込んでいい場所と、悪い場所がある」

そこまで言ったとき、出入り口に制服を着た警備員の姿が見えた。先ほど部屋を飛び出したスタッフが、この状況を見かねて呼んできたようだ。

「……失礼」

平静を装いながらも、しっかりサングラスをポケットから取り出してかけると、素知らぬ顔で部屋を出ようとする甘利田。

「ちょっと、あなた！」

四方田に追いかけられながらも部屋を出ようとすると、警備員が甘利田を制した。

「どうしましたか？」

警備員にさらに声をかけられ、甘利田は仕方なく一度止まる。

「私は教師です。今日は視察に来ました」

追いついてきた四方田と警備員に、背を向けて答えた。

「どこの中学ですか」

「黍名子中学です」

四方田の問いに正直に答えると、警備員は「怪しいな」と口を挟む。

「教師なら、堂々としていればいいのに、サングラスとか……」

警備員の言葉には答えず、甘利田は早足で廊下に出た。そのまま移動しようとするも、後ろから警備員が追いかけてくる。

「おい、待ちなさい！」

すぐに、甘利田は全力疾走《しっそう》に切り替える。さらに「待て！」と怒鳴ってくるのもお構いなしに、甘利田は廊下を走り続けた。

廊下から階段へ向かい、飛び降りながら下っていく。その間にも「こら待ちなさい！　待て！」と怒声を上げながら警備員がピッタリ追ってくる。

一階に降りると、入ってきた「新給食試食会会場はこちら」の看板のあるガラス戸から外に飛び出す。芝生の上を走り抜けようとするも、途中で滑って転んだ。そのまま転がるように、近くの物陰に隠れる。警備員が迫っていると考え、やり過ごすことにした。

物陰から辺りを見回していると、甘利田が出てきた出入り口付近に、見覚えのある人影を見つけた。

大柄で、四、五〇代の男。いかつい顔つきだが、機嫌がいいのか明るい笑みを浮かべている。

教育委員の、鏑木《かぶらぎ》だ。

ガラス戸から出てきた四方田が頭を下げ、丁寧に中へ入るよう促した。鏑木はその肩をポンポンと叩いて中に入っていく。

常節《とこぶし》中学から黍名子中学に異動することになった元凶である、鏑木。常節中学から給食を奪《うば》い、黍名子中学でも教師だけ弁当にさせようとした男。

甘利田の天敵とも言える相手が、甘利田が愛する給食を生み出す給食センターの栄養士と、懇意《こんい》な様子を見せていた。

――甘利田にとっては、嫌な予感しかしなかった。


甘利田が騒ぎを起こしてしばらくして、給食試食会は終了した。すでに保護者も帰り、スタッフもいない部屋に、四方田は一人残っていた。

すでに大半の片づけは終わっていたが、小さなボウルに皮の剝かれた冷凍ミカンがいくつか残っている。一つ手に取ると、柔らかくなっていた。

「……」

ミカンを見つめながら考え込んでいると、足音が近づいてきた。

「ヨモさん、お先しますけど」

やってきたのは、真田だった。

「あ、お疲れ様」

柔らかい声で返す四方田だったが、

「やっぱ……気にしちゃいますよね」

真田は苦笑気味にそんなことを言った。

「何が？」

「さっきの」

言いながら、真田がさっきまで保護者たちがいた長机を見回すのを見て、四方田は先ほどの給食試食会でのことだと気づいた。硬い笑みを浮かべて「ああ」と短く返す。

「未《いま》だにいるんですね、給食に幻想を抱いてる人」

意外そうに言う真田に対し、四方田は言葉を返せなかった。返事を望んでいたわけでもないようで、真田は「じゃ、お先です」と改めて挨拶し、部屋を出ていった。

「幻想……か」

四方田は何とも言えない、複雑そうな視線で、手のひらに載ったままになっていたミカンを見つめていた。


一方、無事警備員の追跡を逃れた甘利田は、休日の職員室にやってきていた。キャップ以外は試食会に参加したときの格好のまま、腕組みをして自分の席に座っている。

（なんだったんだ……あれは）

試食会で食べた、「健康増進施策の一環」と銘《めい》打《う》たれた給食たちを思い出す。カレーはヘルシー、アゲパンは揚げているか怪しいくらいパサパサで砂糖が少なく、鯨の竜田揚げの衣はふにゃりとして下味が皆無。イチゴジャムの甘さすら控えめ。

（もうすぐ、給食がああなるということなのか。それにしても……）

甘利田の脳裏には、給食センター職員と親しげに挨拶を交わしていた鏑木の姿が蘇っていた。

（またあの教育委員会の海坊主《うみぼうず》が関わっているのか……）

そんなことを考えていると、ガラリと職員室の引き戸が開く音がした。

思わず視線を向けると、入ってきたのは宗方だった。花柄のブラウスに、紺色《こんいろ》のジャンパースカートという格好だった。

誰かいるとは思っていなかったらしく、甘利田の姿を見て目を丸くしている。

「……あ」

驚きの声を上げる宗方に、甘利田は軽く会釈を返した。

「どうしたんですか、甘利田先生。休みの日に珍しい」

「先生こそ、どうしたんですか」

「私は、ちょっと進路資料を取りに来ただけです」

「……そうですか」

ていく。

甘利田が短く返すと、宗方は自分のデスクに移動し、引き出しから資料を取り出し

その目が、ちらちら甘利田のほうを見ていた。

「普段着、いつもそんなんですか？」

「ええ、いつもこんなんです」

何の気なしに甘利田がそう答えると、宗方から「へえ」と力ない声が返ってくる。

部屋の中でいつまでもサングラスをする意味はないので、とりあえず普段のメガネにかけ直していると、宗方はそれ以上話しかけてこなかった。

（ん……なんか気まずい）

その場の空気の微妙さに気づいて、ふと宗方に顔を向けると、宗方も甘利田のほうを見ていた。その視線は、何か言いたそうにしている。

（……帰ろう）

その「言いたそうなこと」から逃げるように立ち上がった瞬間、「あ、あの」と宗方が声をかけてきた。そのまま立ち去ることもできず、「はい」と返事だけする。

「この前の話……」

視線を下に向けて気まずそうにしながら、宗方が続ける。甘利田は「この前……」

と言葉を繰り返すことしかできなかった。

「私なりに……考えてます」

　どこか思い詰めたような、迷っているような、なんとも言えない表情の宗方。何か大変なことを考えているのは、想像に難《かた》くない。

（何をだ）

　だが甘利田には、そんな感想しか思い浮かばなかった。なぜなら、宗方にそんなふうに言われるようなことを、した記憶がないからだ。

「……失礼します」

　資料を取り終えた宗方は、軽く会釈して職員室を出ていく。

　立ち去る直前の宗方は、確かに気まずそうではあった。しかしどこか、甘利田自身に怒っているとか、嫌悪感を抱いているとか、そういったマイナスな感情から来る態度ではないように見える。

　だからこそ、わけがわからなかった。

（私は……一体何をした）

　何度思い返しても、駄菓子屋でのことはウイスキーボンボンに全てかき消されてしまうのだった。

メニュー三

追い打ちの奈良漬け

三年一組の、朝のホームルーム。甘利田は自席から立ち上がると、黒板の前に立った。教卓に習字の半紙を置き、その上に書道用の文鎮《ぶんちん》を落とす。どん、と重い音が響く。

自分に注目する生徒たちを見据えながら、甘利田は口を開いた。

「先週の書写の時間にお前らが書いた習字を戻す。一応、お題は卒業に向けてのそれぞれの気持ちを表せというものだったらしく、担任が目を通すよう言われた。だが結果として、ほぼ目を通す必要はなかった」

言いながら、半紙の束から二枚を手に取ると、両手で生徒たちに見えるよう掲げた。

「ここにいる八割が、卒業への気持ちを聞かれて――『卒業』、と書いていた」

真面目な甘利田に対し、生徒たちからはドッと笑いが巻き起こる。すぐに「笑うな！」と甘利田が一喝《いっかつ》すると、生徒たちはビクリとして静まり返った。

「卒業への気持ちを卒業とは、なんの謎《なぞ》かけだ。恐ろしいまでの思考停止だ」

圧の強い甘利田の声が、ビリビリと教室の空気を震わせる。半紙を束に戻しながら、さらに続けた。

「お前らにとって、卒業は卒業でしかないのか」

「じゃあ、なんて書けばよかったんだよ」

怯えた空気を破って、的場が不服そうな声と共に立ち上がった。

「なんでもあるだろう。旅立ちとか、別れとか」

自分の問いに、呆《あき》れながらも即座に答えた甘利田の言葉を聞き、表情こそ不服そうなままだが、的場は静かに席に座る。

「お前らの想像力の欠如《けつじょ》は末期的だ。言っておくが、受験は想像力も試されるぞ。出題の意図を想像する能力がない奴は、受験も人生も失敗する」

単に怯えていただけの生徒たちだったが、思うところがあるのか、叱《しか》られたからなのか、教室内の空気はしゅんと落ち込んだものに変化していた。

「今日の放課後から、進路面談を始める。気合を入れて臨め。では呼ばれたら取りに来い」

順番に名前を呼ばれ、半紙を受け取っていく生徒たち。

「神野」

他の生徒たち同様に「はい」と返事をすると、神野も半紙を取りにやってくる。自分の前にやってくるまでの間、甘利田は神野の半紙をじっと見ていた。

書かれていた文字は、「完食」だった。神野が目の前に来ると、半紙を見たまま甘利田は口を開いた。

「これはどういう意味だ」

「義務教育九年間、給食を全て食べ尽くすのが、卒業だと思いました」

「ふざけているのか」

圧の強い甘利田の言葉にも、神野は笑みを浮かべたまま「いいえ」と即座に答えた。

「本気です」

自信に満ちた顔つきの神野は、ぺこりと頭を下げると、甘利田が持ったままの半紙を引き抜き、席に戻った。

授業が終わり、放課後の三年一組。甘利田が生徒たちに伝えた通り、進路についての個人面談が行われていた。

担任である甘利田だけでなく、学年主任である宗方も同席している。現在は、俵みな子の番だ。

「俵さんの成績だったら、もう少し上を目指せるんじゃないかしら」

　進路調査票を見ながら、宗方は不思議そうな顔をしている。

「黍名子北高だと、偏差値一〇以上も下だけど」

「いいんです、北高で」

「せっかく偏差値が上がってきてるんだから」

　宗方の説得にも、俵は意思を変えるつもりはないようだ。話を聞いていた甘利田が口を開いた。

「なぜだ？」

「北高が好きなんです」

「北高は、この辺の公立でもダントツで最下位だ。北のドンケツと揶揄《やゆ》されている。そんな学校を好きなはずがない。理由を言え」

　キツイ口調に、宗方が思わず「ちょっと先生」と口を挟むが、甘利田はじっと俵を見据え続けた。答えを聞くまでは何も言わないつもりのようだ。

「……的場くんが、行くから」

　俵の口から出た言葉に、宗方は「え？」と驚きの声を上げる。だが甘利田は動じた様子もなく続ける。

「的場が行くと、どうしてお前も行くことになる？」

「付き合ってるんです。私たち」

少しはにかむように言う俵。宗方が納得した顔をする一方で、甘利田は変わらず俵から続く言葉を待つ。

「二人で一緒の高校にって、決めたんで」

言葉や声、表情にも、俵の固い決意が見て取れた。

「いいのか……俵。的場はバカだぞ」

バカを強調する甘利田に、先程よりも強い口調で「ちょっと先生！」と宗方が諫《いさ》める。

甘利田は聞こえていないかのように続けた。

「一時の感情で進路を決めて、バカに付き合ってレベルを下げて、万が一別れたら後悔しか残らん」

甘利田の淡々とした言葉に思うところがあるのか、決意が揺らいだのか、俵の表情が硬くなっていた。

「もう一度考え直せ」

宗方が持っていた進路調査票を受け取り、甘利田は「行け」と言い添《そ》えて俵に渡す。

硬い表情のまま、俵は席を立って教室を出て行った。

「驚きました……」

俵を見送り、姿が見えなくなってから、宗方はため息と共に呟いた。平然と次の生徒の進路調査票を手に取る甘利田を見て、戸惑うようにたずねる。

「先生、知ってたんですか？」

「なんとなく。俵の苦手な食材を、的場が食ってあげてましたから」

「……え、そんなので付き合ってるって気づきますか？」

信じられないとばかりに目を見開く宗方に、甘利田は平然と続ける。

「食を分け合うというのは、もはや配偶者ですから」

「……」

そう言う甘利田の横顔を、宗方は神妙な顔つきで見つめていた。次の進路調査票に集中している甘利田は、気づいていないが。

そのとき教室の引き戸が開いた。入ってきたのは神野だ。ぺこりと頭を下げるのを見て、宗方は進路調査票から目を動かさない甘利田の前に座るよう、手で促した。

神野が座るのと同時に、宗方は甘利田が見ていた進路調査票を覗き込む。甘利田も見やすいように用紙を傾けた。

「神野くんは常節高校志望だけど、第一志望だけでいいの？」

「はい。常節一本でお願いします」

「前の中学が、確か常節だったわね」

「はい。だから土地勘もあります」

（……こいつ）

宗方と話す神野を一瞥《いちべつ》すると、甘利田はすぐに進路調査票に視線を戻した。

そこには、「常節高校」と「教育学科」の文字があった。

「この辺で、高校から教育学科があるのは常節くらいだもんね。将来は、教師を目指すのかな」

「そんな感じです」

「はい、わかりました。偏差値も問題ないですし、良いと思います。甘利田先生は？」

宗方は自身の所感を述べると、甘利田を見た。返事をせず、甘利田はじっと神野を見据えていた。

（……教員になって、給食を食い続けようとしてやがるな）

「……甘利田先生？」

何も言わない甘利田を不審に思って再び声をかけるが、それでも答えない。

（それじゃあまるで……私と同じではないか！）

そう思った甘利田の胸に、最初に浮かんだ感情は——忌々《いまいま》しい、だった。

「チッ」

「え？」

その感情が、素直に舌打ちに出てしまった甘利田。どう考えても舌打ちが出る流れでも状況でもないので、宗方が戸惑うのは当然だった。

「特にありません」

「……はい、じゃあ今日はこれで終わりです」

「失礼します」

戸惑いを抑えて言う宗方だったが、神野は特に気にした様子もなく笑顔のまま一礼し、教室を出て行った。

進路面談を終えた甘利田は、駄菓子屋に足を運んでいた。すでに目的のものを買い、軒先《のきさき》のベンチに座っている。

甘利田の手に載っているのは、手のひらで握り込めてしまえるほどの小さな容器。上にかかっているパッケージには、黒い象の絵が描《えが》かれている。

（駄菓子界の小さな巨人、モロッコヨーグル）

パッケージを剝がすと、白いクリーム状の物体が顔を出す。パッケージの裏に「あたり」の文字があれば、もう一つモロッコヨーグルがもらえるのだ。

（ハズレだ……まあいい。もはやハズレごときではまったく動じない）

そばにあるゴミ入れにパッケージを捨てながら、モロッコヨーグルを買うとついてくる小さな木べらを指先でつまみ、丁寧に掬い上げた。口に入れ、舌の上に載せる。

（甘さの中に、ほのかな酸味。なんだかわからん妙にザラザラしてる食感も楽しい。何がモロッコなのかも謎だ）

ふわっとしたクリーム状のモロッコヨーグルを口の中で転がし、ふわふわとザラザラした食感と、味を楽しむ。ひと通り楽しむと飲み込み、再び木べらで掬い上げる。

（しかしこれは、私にとって今日一番のごちそうなのは間違いない）

幸せと共にモロッコヨーグルを嚙み締めていると——突然、背後に人の気配を感じた。

「それ……酒入ってるよ」

そう言ったのは、同じくモロッコヨーグルを手にした駄菓子屋の店主、お春だった。

甘利田はビクリとして固まる。信じられないとばかりに目を見開き、まだ残っているモロッコヨーグルを見つめた。

「まさか……」

食べ慣れたモロッコヨーグルに、不審な点——アルコールの気配はなかった。だがもし、酒が入っていたら。そんな不安から、甘利田がゆっくり振り返る。

お春は、ニヤリと笑っていた。

「変な感じになってないかい……こないだみたいに」

その笑みと言葉で、甘利田はお春が自分をからかっているだけだと悟った。モロッコヨーグルに酒が入っていたら、ここで記憶が途切れてしまうところだ。

「こないだとは、なんですか？」

「ウイスキーボンボンであんなになる奴、初めて見たよ」

決定的な一言に、甘利田はついに立ち上がった。飛びつきそうな勢いでお春に詰め寄る。

「見てたんですか？」

問いに答えない代わりに、お春はホホホと楽しそうに笑う。慌てて甘利田はお春に詰め寄る。

「もし、聞いていたなら教えていただきたい。私は、あのとき、何を……」

お春はしばらくもったいぶるように、じっと甘利田の顔を見たまま答えなかった。

「あんたがあのとき、何を言ったか知りたいかい？」

「やはり、何か言いましたか」

「大したことは言ってないけどね」

「どんなことを？」

「でも、そこそこの爆弾《ばくだん》発言かね」

「だから何を⁉」

しびれを切らして声を上げた甘利田を、楽しそうに見ていたお春は、そのときのことを語り始めた。

時は遡《さかのぼ》り、甘利田が給食バトルで神野に負けた反省会をこの駄菓子屋でし、そのとき現れた宗方からもらったウイスキーボンボンを食べ始めたときのこと。

一足先に食べ終えた宗方が、鞄から朝食用に使っているお弁当箱を取り出し、広げていた。そして勇気を出すように息をつくと、笑って口を開いた。

「今日、食欲なくて。よかったら、甘利田先生……召し上がりますか」

宗方がそう声をかけると同時に、甘利田は勢いよく顔を上げると、その勢いのまま宗方に顔を近づけた。

「……いいんですか。嬉しいなぁ」

頬が緩み、声音《こわね》も優しく囁《ささや》きかける甘利田。いつもの険《けわ》しい表情しか見ていない宗方は、少し動揺しているように見えた。

「自分で漬けた奈良漬《ならづ》けを入れたんですけど。お好きですか？」

「奈良漬け、食べたことありません」

「ひとつ余ったんで、よかったら」

宗方が最後まで言い終える前に、甘利田は差し出されたお弁当箱に入ったおにぎりに手を伸ばしていた。ラップにくるまれたおにぎりは、べっ甲色の奈良漬けが白米と一緒に握られ、三角型になっている。

ラップを丁寧に外し、かぶりつく。口に広がる奈良漬けの濃い塩の味と酒粕《さけかす》の旨味が、嚙むと広がる白米の甘さを引き立てる。コリコリした漬物の食感と、ほどよい柔らかさの白米の食感も楽しい。

「うまい。これは……うまいです」

奈良漬けおにぎりの味をしっかり嚙んで味わう。その言葉に嘘はないと証明するかのように、甘利田の顔は緩み切っていた。

「ふふ、よかったです」

　実感のこもった甘利田の言葉に、宗方も嬉しそうに笑う。

「特にこの、一緒にいる子……奈良漬け……ですか。これがいい」

「漬物とか、地味に好きなんで」

　そんなやり取りをしているうちに、甘利田の身体はゆらり、ゆらりと揺れていた。奈良漬けは、酒粕を使う漬物だ。そのアルコールに当てられているのだ。

　フラつく身体が、勢い余って後ろに倒れそうになる。

「あ、だいじょうぶですか！」

　甘利田は思わず宗方の手を取り、宗方も倒れそうになる甘利田の身体を支えた。二人の距離が、一気に近づく。驚きと戸惑いで腰が引けている宗方だったが、甘利田は身体を離そうとしなかった。

「……先生のような方なんでしょうね」

　夢うつつのような、ぼんやりとした声で甘利田が呟く。ただこれは、この状況なら甘く囁きかけているようにしか聞こえない。戸惑うように「な、何がですか」と返す宗方。

「奥さんにするとしたら」

「……な、何を、急に」

一瞬固まった宗方だったが、甘利田の言葉を理解したからか、慌てて甘利田の身体を押し返した。

押し返されるままベンチに座り直した甘利田は、そんな驚きなど一瞬で消える。

「いや、本当に……宗方先生が奥さんだったら、どんなにいいかと思います」

下を向いて、しみじみと、でもハッキリと言い切る甘利田。とても冗談を言っているようにも、冗談を言う状況にも思えない。「なんですか……それ……」と戸惑いと焦りで震える声を吐き出すと、宗方は勢いよく立ち上がった。

「からかわないでください！」

宗方が叫んだ直後、甘利田も素早く立ち上がり、据わった目で宗方に顔を近づけた。

「からかってはいません」

言い募《つの》る甘利田に、宗方は目を見開き、ありえないものでも見たような表情になっていた。

「……ぜひ、ご検討ください」

しばらく見つめ合った後に甘利田が付け加えると、宗方は我に返って身を引き、鞄を持って逃げるように立ち去って行った。

その様子を、お春が店の出入り口からしっかり見ていたのだった。


「なっ……なん、たる、ことだ……！」

お春から話を聞いた甘利田は、ショックでベンチから滑り落ちていた。足がゴミ箱を派手にひっくり返す。

甘利田と宗方の様子を一部始終見ていたというお春は、説明している間にベンチに座っていた。

「あれから何かあったかい」

「ギスギスしています」

「そりゃそうなるわね」

甘利田の返答に、お春は納得顔でうなずく。

「これは……不可抗力だ……」

地面に座り込んだ甘利田は、切実そうに声を絞り出す。

「菓子と奈良漬けでベロンベロンになるほうが悪いね」

お春は容赦なく切り捨てると、やれやれといった様子で持っていたモロッコヨーグルを食べ始めた。

駄菓子屋で衝撃の事実を知った、その翌日。いつものように、職員室では教師たちが慌ただしく授業の準備や雑務に追われている。

昨日までと、さして変わらない光景。甘利田もテストの採点をするため、赤ペンを握っていたが――今の甘利田は、隣で作業している宗方が気になって仕方がなかった。

採点する手を止め、横目で宗方の様子をうかがう。声をかけようとするも、ためらわれてなかなか声が出ない。

すると、ふと宗方が甘利田に視線を向けた。声をかけようとしていることに気づいたらしい。

「……なんですか」

声をかけてきたものの、宗方はすぐに視線を書類に戻す。

「あ……あの……」

向こうから声がかかったのだから、話をするチャンスだ。

しかし甘利田は、何を言おうかまったく考えていなかった。正確には、どう言うべきかを。ウイスキーボンボンと奈良漬けでベロンベロンになり、自分の意思に反したことをべらべら喋ってしまった――などと、言えるはずもない。

言ったらどうなるか。この気まずい空気がさらに悪化する未来しか想像できない。

そして何より――あのときの言葉を、甘利田は「心にもないこと」として否定できないでいる。言ってしまった言葉を、甘利田自身も持て余していたのだ。

無意識レベルでそんなことを考えていた甘利田には、宗方に返す言葉などまったく思いつかなかった。

一瞬のうちに繰り広げられた葛藤《かっとう》に気づいているのかいないのか、宗方は近くに積んであった書類の束を手に取る。

「受験当日の手引きを作りましたので、一組にも配っておいてください」

甘利田のデスクに置くと、宗方はそのまま元の作業に戻る。テキパキと手を動かす宗方に、甘利田はもう話しかけることができなかった。

どうすればいいのか――答えがわからないまま、甘利田も仕方なく、採点作業に戻ることにした。

甘利田が、そんな気まずい時間を過ごした、数時間後――昼時。

校門から校庭を通り、校舎に近づいてくる人の姿があった。整えられた白髪に、作業着のジャケットを羽織《はお》り、スラックス姿の五〇代くらいの男性。

給食センターの栄養士である、四方田岳だ。

甘利田が「給食の本質をわかっていない」と切って捨てた、給食改革を行った張本人。その四方田は、黍名子中学に足を踏み入れた。

メニュー四
炊き込みご飯に足りない何か

黍名子中学校の校長室を訪れた四方田岳は、お茶の置かれたローテーブルを挟んだソファに座る男――校長である箕輪に、名刺を渡した。

「給食センターの方が、わざわざどうされましたか？」

名刺には、「黍名子市　教育部学務保健課　管理栄養士　四方田岳」と書かれている。その文字を見ながら、箕輪は問いかけた。

「ちょっと気になることがありまして。こちらの先生で、特に給食に熱心な方がいらっしゃいますか？」

四方田がそう問うと、箕輪は「ええ、いますよ」と笑って即答した。

「あ、やっぱり」

「甘利田先生ですよね」

四方田は思い返すように「甘利田先生……」と名前を復唱する。試食会で給食を食べていた男の姿が思い起こされた。異様な雰囲気の、最後には「給食の本質をわかっていない」などと言って、逃げていった男。

そのときちょうどチャイムが鳴り響いた。

四時間目の授業が終わり、給食の時間を知らせるチャイムだった。

各クラスの給食係が、食器、給食缶、牛乳瓶を持って教室へ向かう。他の生徒たちは机を動かして給食のグループを作っていく。

三年一組では、いつも通り配膳が行われていた。甘利田も食いしん坊の生徒たちと一緒になって、今日の給食の様子をうかがっている。

「……」

甘利田より先に並んでいた神野は、順番を待つ間も、じっと給食缶や寸胴鍋を見据えていた。給食を前にした嬉しそうな顔ではなく、どこか険しい顔つきで。

神野が何かを予感していた頃、四方田は箕輪に案内されて廊下を進んでいた。目的地――甘利田が担任を務める三年一組の教室の近くまでくると、校内放送で校歌が流れてきた。

「この学校では、給食の前に校歌が流れるんですか」

四方田は驚きながら箕輪に話しかける。

「ええ、これを始めてから、不思議と生徒が給食を残さなくなったんですよ」

「本当ですか」

予想外の返答に、四方田は目を見開く。

「これも、甘利田先生の提案でね。給食は学校にとって一日で一番のイベントだから、校歌斉唱して一つになるべきだって」

「ほう……甘利田先生は、学校のことをよく考えていらっしゃるんですね」

感心したように言う四方田に対し、箕輪は「学校のことっていうか……」と歯切れが悪い。そんな様子を四方田が不思議そうに見ているうちに、二人は三年一組の教室に到着した。

「……給食のこと、ですかね」

箕輪は呆れの混じった笑みで言うと「あとは見ればわかる」とばかりに、手で教室の引き戸を示す。

四方田が引き戸の窓の部分から教室を覗くと、席に着いた生徒たちと、配膳台の前に立つ日直らしき生徒二人が校歌を歌っている。

日直の向こう、教室端の担任教師の席には甘利田の姿があり――両腕を力いっぱい振って、ノリノリで校歌を歌っていた。

唖然《あぜん》とした顔で甘利田の校歌斉唱を見つめる四方田の後ろで箕輪は笑っている。

真面目に歌う生徒たちとは一線を画した甘利田の歌いっぷりに、箕輪の言っていた意味を、四方田は理解した。

校歌が終わり、日直が「手を合わせてください」と声をかけると、三年一組中に合掌の音が響く。日直の「いたーだきます」に続いて、「いたーだきます！」と声が上がった。

そして甘利田も手を合わせ、頬を緩めて「いただきます」と呟く。

メガネを外して、真剣な表情でトレイの上の給食を見つめる。

ゴボウ、ニンジンに青ネギが鮮やかな炊《た》き込《こ》みご飯が左側。中央上には、しっかり茶色に染め上げられたアサリの佃煮《つくだに》、右側には、つい最近見たばかりのかき玉汁。左上には円柱状の紙コップに入った緑鮮《あざ》やかな青リンゴゼリー。そして瓶牛乳が載っている。

いつもは上機嫌で給食を見つめる甘利田の視線が、今日は疑念に満ちていた。思わず、トレイに鼻を近づける。

（給食が……匂い立っていない）

給食の一つ一つに視線を向けながら、甘利田は考え込んだ。

(炊き込みご飯……湯気は出ているが、何か風味が感じられない。アサリの佃煮もだ。青リンゴゼリーはいつものパッケージではない。そしてこの前出たばかりのかき玉汁が、またしても……しかも最悪のうっすら卵)

一品一品を間近で観察した後、甘利田は顔を離してトレイ全体を視界に収めた。

(何より……量が、少ない)

真剣でありながら喜びと期待に満ちた目ではなく、深刻《しんこく》な面持ちで甘利田はトレイを見つめ続けた。

「あれ……おかしいな」

その様子を廊下から見ていた箕輪は、普段とは違いなかなか食べ始めようとしない甘利田を見て、不思議そうに首を傾げた。

「何がですか?」

「いつもだったら、あの勢いのまま、ガーッて食べるんですけどね。本当に、うまそうに」

「教師がですか?」

何の気なしにそう返す四方田に、箕輪はどこか窘《たしな》めるように、真剣な顔で答える。

「教師だって、腹は減りますから」

その語調が妙に真摯で、大切なことのような口ぶりに、四方田は戸惑うだけで何も言えなかった。

そうしたやりとりの間に、箕輪の視線は教室内の甘利田に戻っていた。

異変が起きた給食を前に、甘利田は目を閉じて、精神統一していた。

(違和感は拭えないが、手をこまねいていては始まらない。いざ行こう)

気持ちを切り替え、おもむろに箸箱《はしばこ》を取り出した。フタをスライドさせると、「甘利田」と刻印《こくいん》された箸が現れた。

(見よ、この黒光りする輪島漆《わじまうるし》塗《ぬ》りのマイ箸。あえて言おう。味は匙で変わる)

箸箱からそっと取り出し、目を細めて慈しむように箸を握る。そしてまずは、かき玉汁の入った器を手に取り、口をつけた。

(……うーん、やはり卵があるんだかないんだかわからん程度では、物足りない。ほ

ぼすまし汁。おい、お前先週は、もっとこう、どっしりこってりしていたではないか。どうしちまったんだ一体）

先週よりもかなり少ない量の卵を、箸で掬ってみる。箸の隙間《すきま》から卵が滑り落ちていった。

気を取り直して、メインの炊き込みご飯の器に持ち直し、箸を差し入れる。すでに感じる違和感を確かめるように、ゆっくり口に運んだ。

（これも、いつもの味ではない。何かが足りないのだが……なんだかわからん）

異変に思わず口の動きが止まるが、すぐに咀嚼を再開する。

（かつて、米は煮て食うものだった。それが江戸中期に羽釜《はがま》が登場して炊く調理法に変化した）

「炊く」という製法自体は、もっと古くから存在している。羽釜が登場したのももっと古くからだという説もあるが、一九八〇年代では江戸中期に登場したという説が有力だった。

（当初は貴重《きちょう》な米のかさましのためにエンドウ豆やネギと混ぜたが、次第に素材の味を移し取る炊き込みの美味に気づき、鶏《とり》飯、牡蠣《かき》飯などに発展。深川《ふかがわ》の漁師《りょうし》飯でアサリと炊き込んだ深川飯は有名だ）

いつもと違う炊き込みご飯を、よく嚙んで味わう。味が違うとは言っても、まずいわけではない。難しい顔をしながら、炊き込みご飯の歴史に思いを馳せる。

偶然にも、深川飯の具材となるアサリを使った佃煮がトレイにあるが、甘利田は炊き込みご飯に集中していた。ゆっくり、だが確実に平らげていく。

気づいたときには、米の一粒も残さず、しっかり食べ終えていた。

（ふう。難癖《なんくせ》つけて悪かったな。まぁ、少なくとも母さんのメシに比べたら、圧倒的にうまいことは否めない。うん、贅沢は敵だ）

笑顔の甘利田は、（母親の作ったものよりも）おいしい炊き込みご飯に感謝の意を伝えるように、空になった器を撫《な》でる。次に、アサリの佃煮の器に手を伸ばした。

（そして、アサリの佃煮。アサリを酒蒸しにして、そのときに使った煮汁を使うのがポイントだ）

アサリの佃煮について考えようとしたとき、ふと配膳台に生徒が立ち寄るのが視界の隅に見えた。

（ん？　どうした）

不思議に思って顔を向けると、器を持った的場だとわかった。物足りなそうな顔で、給食缶や寸胴鍋を覗き込んでいる。

「的場」

「はい」

「何をしている」

「あ……いえ……」

歯切れ悪く返しながら、的場はお腹《なか》に手を置いていた。空の器を持っているところを見ると、おかわりできる分が残っていないか見に来たのだろう。

落胆した顔の的場に続いて、他にも男子生徒が数人、配膳台に向かおうとしていたが、的場は彼らに「もうない」と言いながら首を振り、自席に戻っていく。男子生徒たちは「どういうことだよ」と慌てて配膳台に駆け寄った。

的場の言う通り、すでに給食缶、寸胴鍋は空っぽだった。

（……やはり、物足りないのか）

生徒たちの様子を、少し不憫《ふびん》そうに見つめてから、再びアサリの佃煮に戻る甘利田。そこに勢いはなく、いつも以上によく噛んで食べている。

だがこれは、味わって食べているというより、噛む回数を増やすことで、少しでも満腹感を得るための咀嚼だった。

そんな後ろ向きの姿勢で給食に臨む甘利田の気持ちと同調するかのように——教室

は、妙に静かだった。

「……今日の給食はイマイチだったのかなあ」

そんな甘利田と生徒たちの様子を廊下から見守っていた箕輪が、残念そうに呟いた。

給食センターの栄養士である四方田がうかがうように箕輪を見ると、すぐに気まずそうに表情を曇らせて「あ、失礼」と短く返す。

四方田は特に文句を言うでもなく、改めて給食を食べる生徒たちを見渡した。

誰一人として喋ることはなく、ゆっくり箸を動かしながら粛々と給食を食べている生徒たちに笑顔はない。

「……給食の本質って、なんだと思います？　甘利田先生がおっしゃっていたんです」

教室から視線を外さないまま、四方田は問う。箕輪は「さあ」と返したものの、すぐに続けた。

「ただ、甘利田先生は、いたってシンプルですよ」

「シンプル、とは？」

四方田には、とてもそうは思えなかった。

四方田たち給食センターの栄養士たちは、子供たちの健康のことを考えたメニューを作った。子供たちの健康を考えるのは、大人の責務だからだ。それを「本質をわかっていない」ときっぱり否定されれば、シンプルな問題だと思えないのは当然だった。

そんな四方田に、異動してきてからの甘利田をずっと見てきた箕輪が答える。

「とかく、世間はごく簡単なことでも、みんなが寄ってたかって複雑にして、実は本質は何でもないことだったりします。甘利田先生は、その辺が敏感なんですよ」

甘利田は、良くも悪くも素直だ。だからこそ責任感の強い学年主任の宗方が最初は反発していたし、教育委員の鏑木も甘利田をどうにかしようと躍起《やっき》になっていた。

だが宗方は甘利田と接するうちに、「自由で羨《うらや》ましい」という気持ちに気づき、受け入れ、今は良き同僚として働いている。

鏑木によって問題ある教師として槍玉《やりだま》にあげられた甘利田だが、彼の給食を愛する素直な気持ちや行動が周りの人間を動かし、危機を回避《かいひ》したこともあった。

甘利田は、様々な状況に相対してきた。それを見てきた箕輪も、彼のいう本質を本当の意味で理解しているわけではない。甘利田自身にしても、ただ給食を好きなだけなのかもしれない。でもそんな甘利田だからこそ、感じ取れる何かがある。

彼が黍名子中学に来てからずっと見守ってきた箕輪は、そのことをよく知っていた。

だがそんな事情を、四方田は知る由もない。

「子供なら、それでいいでしょうけど……大人がそれでは、無責任だと思います」

箕輪の話を聞いた四方田の表情が、少しだけ険しくなった。

四方田、そして甘利田は、大人だ。子供たちのことを考えて行動する立場の人間である。四方田からすれば、甘利田の行動は「無責任な人間」にしか思えなかった。

子供たちの健康のことを考える。そんな大事なことを無視して、シンプルに考えることは、大人の責任を放棄することになるのではないか。

険しくも真面目な四方田の表情からは、そんなことが読み取れそうだった。

箕輪も言いたいことはわかるようで、「あ、いや……」と返すだけで、それ以上のことは言わなかった。

会話が途切れると、四方田はペコリと頭を下げた。険しい顔つきのまま廊下を引き返していく背中に「あ、あの……」と声をかけるも、四方田は振り返ることなく、階段の向こうに消える。

廊下には、戸惑った表情の箕輪校長だけが残された。

　そんなやり取りがあったとは知らず、甘利田はアサリの佃煮を食べ終え、牛乳を飲み干していた。ふーと深呼吸すると、笑顔になる。

（物足りなさは否めないが……私には、まだこいつがある……青リンゴゼリーちゃん）

　白い紙コップのような容器に収まった、緑色のゼリー。微《かす》かな甘酸《あまず》っぱい匂いを堪能して、早速食べようとしたが――

（ん？　あれ……ん？）

　トレイの上にあるはずの、あるものを探す。すでに食べ終えた器の陰も丁寧に確認するが、目当てのものが見つからない。目的のものがない、という結論に至った甘利田は立ち上がった。

「……おい、先割れスプーンを配り忘れてないか」

　ガタンッと椅子が動く音と、威圧的な甘利田の声が静かな教室に響く。少しして、面倒くさそうに一人の男子生徒が立ち上がった。

「スプーン、ついてないです」

　自分のミスではないことを主張するように、不満げに言うと、男子生徒はすぐに席に着いた。それを聞いた的場が「じゃあもう箸でいいや」と食べ始めると、同じグループの俵たちや、他の生徒たちも箸でゼリーを食べ始めた。

（な、なぜだ……たとえこの一品のためだとしても、これまで先割れスプーンが用意されなかったことなどあっただろうか）

甘利田も席に座り直し、険しい表情のままゼリーと向き合う。

（なんたる怠慢《たいまん》！　何のつもりだ給食センター！）

怒りに任せた甘利田は、箸すら使わず、器を傾け、外から叩いて中身を揺り動かすことでゼリーを口の中に滑り込ませた。

（すっぺぇー！）

強制的に口はすぼめられ、目の周りがぴくぴくする。鋭《するど》い酸味が、舌、口内、顔全体を刺激しているようだった。それでもゼリーの塊をもぐもぐと必死に咀嚼する。

（これはほぼ寒天《かんてん》。甘みゼロ。わぁ、半分凍ってる！　みたいな小粋《こいき》な感じもない。なんという味気無さだ）

酸っぱいゼリーを食べ終え、器をトレイに置きながら、不満そうに眉間の皺をさらに深める。

（デザートとは、本来食事の満足感をさらに高めるもの。たとえそれが給食だとして

もだ）

中身が空になったトレイを、疲れ切った顔と虚《うつ》ろな目で見つめる。

（今日は……仕上がったとは言い難い……）

がっくりと肩を落とし、悲壮感《ひそうかん》すら漂わせる甘利田は、いつも必ず言う「ごちそうさまでした」すら言う気力がなかった。そもそも「ごちそうさまでした」と言える心理状態ではなくなっていた。

落胆した甘利田は、ふと思い出したように顔を上げ、メガネをかけ直す。その視線の先には、神野の姿があった。

（ん？　なんだ……？）

神野の手には、アサリの佃煮が入った小ぶりの器。炊き込みご飯は平皿に盛られていたが、今はアサリの佃煮と同じ大きさの器に移されている。すでに何をするか考えていて、一つ多く器を準備していたのだろう。

（あいつ……また何をしている？）

甘利田の脳内の問いに、神野は行動で答えた――小さな器に移した炊き込みご飯に、アサリの佃煮を煮汁ごと投入したのだ。

（それは……深川飯ぃー！）

色の薄い炊き込みご飯の上に、茶色に色づいたアサリが載り、煮汁がかかる。遠目からその姿を見た甘利田は愕然《がくぜん》とした。

（まだだ……なんで俺は気づけないんだ！　さっき深川飯に脳内で言及していたではないか！）

悔しさのあまり、神野から顔をそらし、窓を向く。自分の失態を声に出して叫ぶことができない分、呼吸が荒《あら》くなっていた。甘利田は炊き込みご飯が入っていた器を手に取り、睨みつける。

（今日の炊き込みご飯には、明らかに何か足りなかった。そして奴は気づいた。足りないのは旨味だと）

すでに空になっている自分の器から、神野に視線を移した。甘利田が食い入るように見つめる中、神野は深川飯となった炊き込みご飯とアサリの佃煮を箸で丁寧に混ぜ合わせた。

（そのことに気づいた奴は、アサリの佃煮の煮汁の旨味を利用することを思いついた。まさに……足し算の美学）

しっかり混ぜ合わせ、完璧な深川飯が入った器を、神野は甘利田に見せるように掲げた。

(見せつけてやがる……!)

呆然《ぼうぜん》とする甘利田を見ながら、神野はさらに器を手に持った。

片方は深川飯入り、もう片方はさっきまでアサリの佃煮が入っていた器。後者を、深川飯入りの器に、カポッとフタをするように載せた。

(なんだ? もう一つ……)

隙間ができないようにしっかり押さえ、重ねた器を揺り動かし始めた。

(一体……何をしている?)

最初は上下だったのが、左右、そしてまた上下、と激しく揺り動かしていく神野。

その様子を見ているうちに、甘利田はある可能性に気がついた。

(貴様……その中で、まさか……!)

甘利田が何かを察したことに気づいているのかいないのか、激しく揺り動かしていた神野の手が止まる。

上の器を開けると、中には丸まった深川飯の姿があった。

(うっ……そ、それは……深川飯おにぎりー!)

アサリの佃煮の煮汁で茶色が濃くなったご飯に、ニンジン、青ネギがさらに鮮やかに見える。相変わらず茶色く色づいたアサリの存在感も食欲をそそる。

（それ、ひとつ、ください……！）

羨ましさで表情を崩した甘利田の意思を悟ってか、神野は「ほしい？」とでも言うように、甘利田に深川飯おにぎりを差し出した。

（そう……それそれ……）

小刻みにうなずくと、神野は深川飯おにぎりを差し出した状態で「あーん」と声を出さずに口を動かした。

それに反応した甘利田は、自分の机のトレイを横に置くと、飛び込むように神野のいるグループの机に身体を滑り込ませた。手を伸ばすのではなく、「この口に、さあ！」とばかりに口を開ける。

いつもは、どんなに羨ましく思っても、「ほしい」と欲望に忠実になることはなかった。だが今日の給食への不満から「おいしそうな給食」に対する欲求がさらに高まってしまっていた。

神野と同じグループの生徒たちも、さすがに驚いて固まっている。だが空気を読んでいるのか何も言わない。給食時の甘利田の行動を、すでに生徒たちは受け入れているのだろう。甘利田が、生徒たちのトレイをひっくり返すことなく身体を滑り込ませるという、意外と繊細《せんさい》な動きをしていることも無関係ではない。自分以外の他人の給食でも台無しにしない、給食を愛する者の鑑《かがみ》である。

嬉しそうに笑う神野は、甘利田の口に深川飯おにぎりを近づけるが――甘利田に食べさせることなく、自分でがぶりと食らいついた。今の甘利田にはあまりに残酷な所業だが、自分の分の給食を食べているだけの神野には、何の非もない。

（そんなの、うまいに決まってるだろうがこの野郎！）

そのうまい深川飯おにぎりが、神野の口にどんどん吸い込まれていく。喜びに満ちた笑顔で、噛み締めるように咀嚼している神野。

（今日の給食は、明らかにいつものそれではなかった。だから奴は、初期段階で考えていたプランを変更したんだ。全体的に病院食のような味の薄さを、工夫で乗り切るアイデアを練《ね》った。さらに匙にこだわらない食し方、おにぎりをチョイスした）

器を余分に準備していたのは、元々炊き込みご飯をおにぎりにする計画だったからかもしれない。そこに、旨味の足りない炊き込みご飯に気づき、アサリの佃煮を混ぜることを思いついたのだろう。

（この間、私は何をした……いつもと違う給食を愚痴《ぐち》り、作った奴の怠慢を嘆き、まるで被害者のように開き直っていた。与えられたもので、自分の満足度を満たす努力など……何一つ、していなかった……）

自分の給食に対する行動を後悔している間に、神野は深川飯おにぎりを食べ終えていた。すでに最後のゼリーのみとなり、同じように器を叩きながら口の中に流し込む。

（負けた……完敗だ……）

敗北を受け入れた甘利田は、生徒たちの机に身体をあずけたまま、ガクリと脱力した。そんな甘利田を、なんとも言えない複雑な表情で見守る生徒たち。

神野だけは、マイペースに最後の青リンゴゼリーを食べようと器を傾け、底をトントンと叩いていた。

口に滑り込んできたゼリーを咀嚼する神野。その顔は、甘利田が食べたときと同じく、酸っぱい表情だった。

それを見て、改めて今日の給食の異常さを、甘利田は思い出した。身体を起こし、生徒たちの机から離れて自分の席に戻る。

（だが……この給食には納得できん）

込み上げる不満を胸に、甘利田は静かに教室を見回した。皆黙々と給食を食べているが、決しておいしそうではない。大半の生徒たちが、青リンゴゼリーを食べる段階まで来ていて、頑張《がんば》って箸で食べている。

そんな生徒たちの中で、アサリの佃煮の入った器を、的場に差し出している俵の姿もあった。ちょうど青リンゴゼリーを食べていた的場が笑って何か返すと、俵は差し出していた器を自分のトレイに戻した。

甘利田の位置からだと会話までは聞こえないが、以前からこういった光景は何度か見てきた。今までなら、「俵の苦手なアサリを、的場が後で食べてやるのだろう」と考えていた。

だが今回だけは——俵がアサリを苦手だから的場に渡して、食べてもらうことにしたのか、もしくは物足りない的場に気を遣って俵が自分の分を差し出し、それを的場が断ったのか、会話が聞こえない甘利田にはわからなかった。

（しかし……私は生徒たちに、『これは本来の給食とは違うから食うな』と言えるのか。教師としては、どんな給食でも食えというのが筋だ。たとえ、それが私の知る給食ではないにせよ……）

全体的に暗い雰囲気の教室を眺めているとき、甘利田をじっと見る神野の姿に気づいた。

「……」

さっきまで、自分で作り上げた深川飯おにぎりをおいしそうに食べていた神野の顔に、笑顔はない。真剣な表情で、ただまっすぐ、何かを訴えるように甘利田を見ている。

（これは……あまりにも……つらい）

そんな心中を決して口にはできないまま、甘利田も神野を見つめ返すことしかできなかった。

不完全燃焼なまま給食が終わり、甘利田の足は自然と配膳室に向かっていた。

「――いつもと味が全然違って、変でした」

配膳室の中から聞き覚えのある声がして、甘利田は足を止める。中を覗くと、ノートを持った神野が、牧野と話している姿が見えた。

「量も少なかったですし」

「……でも、おばさんにはわからないのよね……ごめんなさいね」

申し訳なさそうにする牧野に対し、これ以上はどうしようもないと悟ったのか、神野は不満げな表情のまま頭を下げると配膳室から廊下に出ていく。

「あ、何かわかったら、お知らせするから……ね？」

その後を追いながら牧野がそう声をかけると、神野は力なく「はい」と返し、そのまま去って行った。一緒に廊下に出てきた牧野は、その背中に「ごめんね……」と小さく呟く。

牧野が小さくため息をついて配膳室に戻ろうとしたところで、甘利田が神野を見送っていることに気づき「先生」と声をかけてきた。

「何か、ありましたか？」

「ああ……なんか、今日の給食が変だった、って言うのよ」

神野もやはり、甘利田と同じように給食に異変を感じていた。牧野の言葉で、先ほど給食を食べ終えた神野の表情の理由が明確になった。

「確かに、いつもよりおかずの寸胴が軽かった気がするんですよね。先生、何か気づかなかったですか？」

「さあ。給食に興味ありませんので」

給食の異変を前にしても、給食に興味のないフリをする甘利田に、牧野は「またあ」と笑って受け流そうとする。

「失礼」

そのまま立ち去ろうとする甘利田に「でも、ほら」と声をかけた。

「彼って、ホワイトマンでしょ」

「は？　ホワイトマン？」

耳慣れない言葉に、思わず足を止めて振り返る。それを見て、牧野は笑う。

「配膳室で、そう呼んでるんです。白いご飯と白い牛乳が大好物。今も、ご飯と牛乳はなくなりませんよね、ってしつこく聞かれて」

「なくなるんですか？」

甘利田は目を見開いて牧野に歩み寄る。圧のある甘利田の声に押され、「いいえ、まさか」と安心させるように牧野は続けた。

「なくなったら、給食じゃありませんよ」

「そ……そうですね」

興味のないフリができなくなった甘利田が、動揺を残しながら同意する。それに対して力強くうなずく牧野だったが、すぐに申し訳なさそうに表情を曇らせた。

「でも……いつもと違ったって言われると、何か責任を感じちゃって……」

そこまで言って、深くため息をつく。

「……牧野さんに責任は、ない」

きっぱりと言い切る甘利田だったが、「先生……」と返した牧野の表情は晴れない。

さっきまで給食に興味のないフリをしていた甘利田の真剣さに、戸惑いと驚きが加わった。

そして当然、牧野のせいではないにしろ、給食に異変が起こったことに変わりはない。

これから、ずっとこんな給食が続くのか――そんな不安を抱きながらも、甘利田はそれを口にすることなく、黙って配膳室を立ち去ることしかできなかった。

メニュー五

最後の砦の米飯

RASEN PROJECT

第1弾

10月21日発売

朝井リョウ

死にがいを求めて生きているの

平成

伊坂幸太郎

シーソーモンスター

昭和後期 近未来

二作を繋ぐモチーフ

絵本

『アイムマイマイ』

螺旋を背負ったカタツムリのヒーローを描く絵本「アイムマイマイ」。『死にがいを求めて生きているの』の登場人物が幼い頃に読んでいた絵本は、『シーソーモンスター』から生まれた……!?

みんなが仲良くなるって、難しいなあ。

でも、そんな未来のために、まずは明日をがんばろう!

第2弾

11

原始 大

『ウ

★巻

明治 薬

『蒼《そうし》

★巻

未来 吉田

『天使

★巻末

第3弾

12月

中世・近世 天野

★巻末

昭和前期 乾ル

★巻末

古代 澤田

★巻末

中央公論新社
〒100-8152 東京都
◎表示価格は消費税

給食に異変があっても、教師の仕事は変わらない。今日も朝早くから宗方、真野と一緒に、甘利田も校門に立っていた。

真野はいつも通り、明るい声で生徒たちとハイタッチを交わしている。宗方も笑顔で挨拶を返していたが——甘利田は、一切口を開いていなかった。

ウイスキーボンボンを食べた翌日のような不審な動きはなく、ただただ、眉間に皺を寄せて地面を睨んでいるのみ。

そんな甘利田の前に、一人の男子生徒が足を止めた。神野だ。

「おはようございます」

神野の声が聞こえて、初めて甘利田は顔を上げた。

目の前に立つ神野の顔には、笑顔がなかった。その事実に戸惑い、甘利田は少し遅れて「……おはよう」と力なく返した。

返事を聞くと、神野は少し俯《うつむ》いてそのまま校舎に向かって去っていく。

「……」

甘利田は、神野に挨拶を返した状態のまま動かない。ぼーっとしているのではなく、何かを考え込んでいるような態度だった。

他の生徒たちは、変わらず挨拶をしながら校門を通っていく。その挨拶に笑顔で返しながら、宗方は時折心配そうに甘利田の様子をうかがっていた。

登校時間が過ぎ、職員室に戻ってきた甘利田は、デスクに座るとおもむろに献立表を引っ張り出した。

ハードケースから取り出し、赤鉛筆を持つ。昨日の献立——炊き込みご飯、アサリの佃煮、かき玉汁、青リンゴゼリー、牛乳の欄に「済」の文字を書き入れた。

「……」

前日の給食に対する感謝の意味を込めて書く「済」の文字。しっかりと書き込んだものの、甘利田の表情は険しい。

自分にできる最大限の工夫をしていた神野に、敗北したのは事実だ。だが敗北したとしても、給食に感謝の意味を込めるという習慣は変わらなかった。負けたとしても、給食には何の罪もない。

だが、昨日の給食に——甘利田は素直に感謝の意を込めることが、できなかった。

それから一〇日ほど後――この日の給食は、生徒たちからも人気の高いカレーだった。

すでに配膳や校歌斉唱、そして「いただきます」も済み、給食を食べ始めた三年一組の教室は――人気のメニューであるにもかかわらず、妙に静かだった。

甘利田は先割れスプーンの先端を少しだけ器につけると、口に入れる。食べるというより、単に味を見ようとしているだけの動きだ。

（……これは）

舌についたカレーを、口の中に広げる。この味は、甘利田には覚えがあった。

給食センターで行われた、試食会に出てきたときのカレー。風味は感じるが、味が薄く、「カレー」そのものというより「カレー味の液体」を舐《な》めているような感覚。

おいしいとは、決して言えない。そう感じたのは甘利田だけではないようで、教室のどこかで、先割れスプーンを放り投げるような音が聞こえてきた。

甘利田が改めて教室を見回せば、皆表情が暗い。暗い表情で無理矢理食べている生徒もいれば、目の前の給食を恨みがましく見つめたり、これ以上食べることを拒絶するように、トレイを押しやったりする生徒もいた。

中には、すでに食べるのを諦《あきら》め、残飯入れになっている寸胴鍋に食べ残しのカレーを入れている者まで出ている。

「……」

甘利田が見ていることに気づくと、気まずそうに俯き、そそくさと自分の席に戻っていく。申し訳なさと同時に、給食を拒絶するような態度だった。

そんな暗い雰囲気の教室をさらに念入りに見ていると、やけに勢いよくガツガツと給食をかき込んでいる者がいた。

神野だ。

眉間に皺を寄せ、真っ白な白米を口に押し込み、精一杯、咀嚼する。白米は噛めば甘くなるが、他のおかずやかけるものがない状態で白米だけを食べるのは大変だろう。

だが最初こそ苦しそうにかき込んでいたが、咀嚼するうちに表情が和らいでいった。

配膳室で「ホワイトマン」と呼ばれている通り、神野にとって白米は給食の中でも特別な存在なのか。以前、常節中学で白米とパンを取り違えられたとき、殴《なぐ》り込みに行ったことがあったことを、甘利田は思い出した。

――この翌日の朝、献立表に「済」の文字を入れる習慣を、甘利田は達成することができなかった。

途中まで、「済」の字を書こうとしていたが――赤鉛筆の芯《しん》が、折れた。正確に言えば、自ら折ってしまった。

大好きなはずのカレーライスを暗い表情で無理矢理食べ、残す生徒たちと――何より給食がおいしいと思えないことが、甘利田に「済」の字を書かせなかったのだ。

給食の異変が定着していったある日の放課後、甘利田は校庭に神野の姿を見つけた。何も植えられていない植え込みの段差に腰かけて、ノートに何か書いている。

「神野」

甘利田が背後から声をかけると、神野は慌てた様子でノートを閉じた。

「何をしている」

「今日の復習を」

今日の、何の復習をしているかまでは、神野は答えなかった。

「勉強なら帰ってやれ。もうすぐ受験本番だ」

甘利田の忠告に「はい」と素直に返事をする神野だが、その目は甘利田をじっと見たまま動かない。帰る様子のない神野を甘利田はしばらく見ていたが、ため息をついて校舎へ引き返そうと歩き出した。

それでも神野は立ち上がる気配はなかった。背中を突き刺す視線を察知した甘利田はゆっくり振り返り「なんだ」と声をかける。

そこでやっと、神野は立ち上がった。

「先生は、本当にこれでいいと思ってますか？」

真剣な顔つきで、切実な声を上げる神野に、甘利田は平然と「何のことだ」と返す。

「給食です」

「給食が……どうした」

「前はもっと——」

続けようとする神野を遮るように、甘利田は「神野」と少し強い声を上げた。

「給食は、毎日出てる。何の問題がある」

突き放すような言葉を、神野はどこか傷ついた表情で聞いていた。

「学校は勉強するところだ。しかもお前は、受験生だ」

神野は静かに視線を落とした。自分の中にある何かを我慢《がまん》し、耐えるように「はい」と、短く返事をする。

神野が――三年一組の生徒たち皆が納得していないことは、甘利田も重々承知だった。だがこれ以上、給食について甘利田が、そして神野ができることはない。

そう思いながら甘利田は冷たく「帰れ」と言い放ち、今度こそ神野に背を向けて校舎に引き返した。

悲痛な表情をしたまま、神野は甘利田に向けてペコリと頭を下げる。しかし、神野はしばらくそこから動こうとしなかった。

職員室に戻った甘利田は眉間に皺を寄せ、相変わらず険しい顔つきだった。だが、なぜか圧が弱くゆっくりした動きで、力なく自分のデスクまでやってくると席に着いた。

宗方は、様子がおかしいと気づいたようで、甘利田が席に着くまで、じっと見つめていた。

席に着いたのを見て、一度視線を自分のデスクに戻す宗方だったが、甘利田はじっとしたまま動かない。抜《ぬ》け殻《がら》状態の甘利田に、宗方は「……あの」と声をかけた。その声にも、甘利田は反応しない。

「……大丈夫ですか？」

さらに声をかけると、甘利田は弾《はじ》かれたように顔を向けて反応した。自分に言われていると、ようやく気づいたようだ。

「大丈夫……とは？」

力ない声を返す甘利田に、宗方は「いえ」と言って目をそらした。気まずさからではなく、今の自分が他人にどう見えているか理解できていないように見える甘利田を気遣ったような、凛《りん》とした表情だった。

「受験、もうすぐですから……心残りがないよう、私も頑張らないと」

そう言うと、宗方は改めて甘利田を見る。言葉そのものは自身に向けたものだったが、その視線は、甘利田を案じていた。

そのことには何となく気づいていたが——結局甘利田は何も答えることができないままだった。宗方は「失礼します」と声をかけ、席を立った。

神野を突き放したばかりの甘利田には、まだ自分がどうすべきだったのか、わからなかった。

翌日の午前中、甘利田は花壇で水遣《みずや》りをしていた。

そこに、手拭《てぬぐ》いを首に巻いた箕輪がやってきた。屈《かが》んで花の根本に水をかける甘利田と違い、箕輪は立ったまま花の上から撒《ま》く。

「いよいよ本番も近いですね。どうですか、受験生たちは」

「宗方先生が、頑張ってくれています」

箕輪からの問いかけに、甘利田は顔を上げずに応える。実際、甘利田よりも学年主任である宗方のほうが、熱心に生徒たちの様子を見ていた。箕輪もある程度は予想していたのか、「そうですか」と簡単に返す。

ふと、花壇を見ていた箕輪の視線が、甘利田に向いた。

「ところで、宗方先生……何か変わったこと、ないですか？」

箕輪が妙に明るい声になった意味がわからず、甘利田は「というと？」と怪訝《けげん》そうに顔を上げた。

「実は、何か月か前に、宗方先生にお見合いをセットしましてね」

「お見合い、ですか」

箕輪からの予想外の言葉に、甘利田は戸惑いの声と共に立ち上がった。

「はい。私、仲人《なこうど》が趣味《しゅみ》でね。しかも、教員縛りでもう九組、カップル誕生してましてね」

嬉々《きき》として語る箕輪に、甘利田は「はあ」と気の抜けた声しか出せなかった。

宗方が、お見合いをしていた。その事実は、甘利田に様々なことを思い起こさせた。ウイスキーボンボンを分けてくれた上、奈良漬けおにぎりもくれた。そのときの記憶は甘利田にはないが、それがおいしかったことだけは理解できる。宗方は料理が上手《うま》そうだ、というイメージは残っていたからだ。

その後の気まずい空気感もつらく感じていた——だが、塞ぎ込んでいる甘利田を、彼女は逆に気にかけてくれていた。

(……だから、なんだというんだ)

心の奥底ではかなり衝撃を受けていることに、甘利田自身は気づいていなかった。

箕輪の話はさらに続く。

「函館《はこだて》の知り合いから頼まれて、宗方先生を紹介したんですよ。最初は嫌がってたんですけど……半ば無理矢理！」

多少申し訳ないと思っているようだが、箕輪に反省している様子はない。

「でね、会ってみたら誠実ないい人なんですよ。二人でいい雰囲気になっちゃって。おっ、ついに一〇組目の大台か、と思ったら……」

反省をしていない理由は、これだろう。案外うまくいきそうなのを見て、いいことをした気分になっているのかもしれない。ウキウキした、明るい声になっていた。

一方、黙って話を聞いている甘利田の表情は、いつも通りだった。本人も自覚していないのもあって、戸惑いが表に出ることもない。

そのうち、箕輪の声のトーンが、少しずつ下がっていく。

「……このところ宗方先生の熱が冷めちゃったのか、急ブレーキでね。先方も早く返事くれって矢の催促で、もう……困っちゃって」

言葉通りの渋面で甘利田を見ながら、さらに箕輪は続けた。

「先生、それとなーく……聞いてもらえませんか？」

甘えたような声で、そんなことを言ってきた。まさか自分に話を振ってくるとは思わず、ずっと黙っていた甘利田は思わず「は？」と声を上げた。

「だってさー、甘利田先生だったら、ズバズバ聞けるじゃないですか。お願いしますよー」

話し始めた最初こそ校長という立場にふさわしい丁寧な口調だったのが、今では子供のおねだりのような態度に変わっていた。しかし甘利田は、そんなことをわざわざ突っ込むような人間ではなかった。

「何を聞くんです？」

「だから、函館はいいところですよーとか、煽《あお》っていただいて……」

箕輪のその言葉を聞いた瞬間、甘利田は一歩、箕輪に近づいた。まったく表情を変えず、ただ近づいてくる甘利田に、「えっ」と驚いたように一瞬箕輪の腰が引ける。

「函館に、行くんですか？」

「え、ええ……お相手が、函館の中学の先生なんだけど、人員不足でね。こっちに出てこられないらしいんですよ」

そう説明しながら、箕輪はさらに渋面になる。

「代わりの人がいればいいんですけど……宗方先生も、そこが気になってるのかなあ」

宗方がお見合いに良い返事をすれば、函館に行くことになる。大きく環境が変わることを考えれば、勇気が必要な決断だ。返事をしづらいのも当然だろう。

「……函館」

何かの折に聞いた覚えのある地名を口にして、甘利田はじっと考え込んだ。

自分は、どうすればいいのか——

そうして——一九八七年、冬。

ついに、公立の高校入学試験の日がやってきた。

神野ゴウは、しっかり詰襟を身に着け、首元にはマフラー、手には手袋といった冬の装いをしていた。同じような生徒たちが試験会場に向かう中、神野は「入学試験会場」と書かれた看板の前で足を止めた。

「あ、神野だ」

呼ばれたほうに顔を向けた神野は「おお、久しぶり」と声を上げ、明るい表情で手を振った。

声をかけてきたのは、転校前の常節中学時代のクラスメイトたちだった。「元気か！」と嬉しそうに駆け寄ってくる男子たちの後ろには、女子生徒の姿もある。

「お前もこの高校受けんの？」

最初に話しかけてきたのは、藤田《ふじた》和夫《かずお》だ。神野が常節中学にいた頃、藤田は児島《こじま》と高橋《たかはし》という男子生徒とよくつるんでいた。今日は他の生徒たちと一緒なので、それぞれ別の高校を受験するのだろう。

「うん」

「おー、俺らと一緒だ！」

嬉しそうにはしゃぐ藤田たちの後ろには、神野がいた当時学級委員だった桐谷《きりや》みすずや、給食費が盗まれたと騒ぎになった君山南《きみやまみなみ》の姿もある。共に、神野の顔を見て懐かしく思ったのか、笑顔で神野たち男子のやり取りを見守っていた。

テンションの上がった男子たちは、それぞれ「頑張れよ！」と自分たちのことそっちのけで神野を激励《げきれい》すると、元気に試験会場へ向かった。改めて「久しぶりだね！」と女子たちも手を振りながら、男子たちの後ろについて歩き出す。

元クラスメイトたちの背中を、神野は笑顔で見送った。予期せぬ再会に、僅かにあった緊張もほぐれていた。

改めて、神野は気合を入れ直すように試験会場の建物を見上げる。

進路面談のときから、神野の成績に変動はない。目的がしっかりしている神野は、入試に対する不安や心配はほとんどなかった。

それよりも、もっと大きな問題がある——そう思う一方で、今この日だけは、将来の目的を達成するためにも、入試に集中する必要があった。

そんなことを思いながら、神野も試験会場に向かって歩き始めた。

その頃、甘利田はジャケットを羽織った冬仕様の格好で、三年一組の教室にいた。皆、各々の入学試験会場に行っているので、教室に生徒の姿はない。教室から外を見ていた甘利田は、一番近くにある机に手を置いた。

神野ゴウの席だ。

彼の目標は、教師になって給食を食べ続けること。甘利田が教師になった理由と、全く同じ。

それを忌々しく思ってはいても、高校受験に失敗しろ、なんてことは当然思っていない。担任である甘利田も、神野の学力が十分合格圏内《けんない》に達していることは把握していた。

だから、受験そのものの心配はしていない。もし落ちたとしても、それは本人の責任だ。過剰《かじょう》に心配しても意味はない。

入試のことよりも、甘利田が気掛かりなのは——最後に二人きりで交わした会話のことだった。

『先生は、本当にこれでいいと思ってますか？』

神野のまっすぐな主張を、甘利田は真正面から受け止めず、大人の方便を使って突き放した。

受験シーズンになっても、給食そのものは年度末まで続く。冬休みを挟んだ後も、給食の異変はそのままで、むしろそれが「いつもの給食」になりつつあった。時間は、確実に進んでいる。神野たち三年生が、黍名子中学校で給食を食べる回数は、残り少ない。

だからといって、甘利田にはどうすることもできなかった。

入学試験が終わった数日後。通常授業ではなくなっても、卒業式の準備や、高校から出された課題の相談を受けるなど、仕事はなくならない。職員室では、そんな教師たちが各々準備をしていた。

「来月の献立表、来ましたよ」

そう声をかけながら、真野は順番にプリントを配っている。甘利田の近くまで来ると「甘利田先生もどうぞ」と元気よく差し出す。

給食が素直においしいと言えなくなっても、献立のチェックだけは怠らない甘利田は、じっくり献立表を眺める。

――だが、プリント内にある一文を見つけた途端、思わず立ち上がった。

「これは……なんだ」

甘利田の頭は、理解することを拒否した。認められないまま、もう一度その一文を見る。

【今月より、米飯は全て麦飯になります】

「むぎ……めし……」

理解を拒否した一文の、特にダメージの大きな言葉を力なく呟く。異変に気づいた宗方が「甘利田先生？」と声をかけるが、甘利田は気づかない。

代わりに、献立表を配り終えて自席に戻ろうとしていた真野に声をかけた。

「これは、生徒にも配られるんですか」

「もう配られてると思いますよ」

鬼気《きき》迫る甘利田に気づいた様子もなく、真野は呑気にそう返した。

「……いかん」

甘利田は焦りを滲ませて呟いた。隣で聞いていた宗方は状況がわからず、「いかん？」と首を傾げる。

「ホワイトマン！」

さらにそう声を上げると、甘利田は突然立ち上がって駆け出した。その背中に「は？　え？　ホワイト？」とますますわけがわからないといった様子で、宗方の声が飛ぶ。そんな声など聞こえていない甘利田は、職員室を飛び出した。

ホワイトマン——すなわち、神野ゴウを指す言葉。牛乳と、白いご飯が好きだから、配膳室ではそう呼ばれるようになったという。

そんな神野が、来月から米飯が麦飯に替わると書かれた献立表を見たら、どうするか。甘利田には今までの経験上、神野の反応が手に取るように分かった。

廊下に出た甘利田は、案の定、階段を下って廊下を駆けていく神野の後ろ姿を見つけた。

「神野！」

大声で呼び止めるも、神野は止まらない。廊下を疾走し、校庭を駆け抜ける。神野も、それを追う甘利田も、上履きと室内用のサンダルのままだった。

「神野待て！　神野ぉ！」

何度呼んでも、神野は振り返りすらしない。大事そうにノートを抱え、ただただ走っていく。

校門を出ると、神野は足を止めた。甘利田の呼びかけに応えたのか――と思いきや、何かを見つけると、神野は手を挙げた。

するとそこに、都合よくタクシーが一台停《と》まった。

「なに？」

もう少しで甘利田が追いつけそうなところで、神野はタクシーに乗り込むと、すぐに発車した。それを追って甘利田も校門を飛び出す。

「中学生が、タクシーとは……何事だぁ！」

全力疾走の疲れと、まさかのタクシー利用という展開に怒りとも悔しさともつかない感情を爆発させた甘利田は、その場で地団駄《じだんだ》を踏む。

しかしそんなことをしても神野が乗ったタクシーは停まらないし、都合よく別のタクシーがやってくることもなかった。

このまま、神野を放置しておくわけにはいかない——息をついて気合を入れ直すと、甘利田はタクシーを追うように再び走り始めた。

黍名子市役所。その玄関口から中へ入った四方田と真田は、正面の階段を上がりながら話をしていた。腕時計を見た真田は、隣を歩く四方田に確認する。

「センター長会議、九時からですよね」

「今日は、鏑木さんもいらっしゃるから」

「僕、あの鏑木さんって、どうも……」

苦笑して肩を竦《すく》める真田に対し、四方田は「真田くん」と優しく窘める。

「だって、ヨモさんもそう思いません？」

「思いません」

同意を求めてくる真田に、優しくもキッパリと言い切る四方田。納得していない表情の真田に「さ、急ぎますよ」と促した——その直後。

「おい、こら！　何してる！」

突然、玄関のほうから荒々しい声が聞こえてきた。警備員の声だ。

　四方田たちが振り返ると、制服姿の警備員にがっちり捕まえられた、詰襟姿の中学生らしき少年の姿があった。外に連れ出そうとする警備員に、力いっぱい抵抗している。

「放してください……！」

「ダメだよ！」

「行かせてください！」

「何なんだ君は！」

　警備員が玄関口のほうへ押し返して解放すると、少年は警備員に向かって叫ぶ。

「お願いです！　責任者さんに会わせてください」

「できるわけないだろう！　そんなこと！」

「どうしたんですか」

　警備員ともめている中学生の間に、四方田が真田と共に歩み寄り声をかけた。警備員は軽く会釈すると、四方田の問いに答える。

「この子が、いきなり突っ込んで来まして……」

「給食センターの方ですか」

「はい」

警備員の説明を遮って向き直る少年に、四方田も答える。「おい、いい加減にしないか」と警備員が厳しい口調で注意しても、少年はまったく動じなかった。ただ切実に、訴えたいことがあるとばかりに、真剣な顔で四方田を見据えている。

「献立について、質問があります」

「献立？」

「君、学校はどうした？　どこの中学だ？」

今度は警備員が、少年の問いを遮る。少年は、真剣な表情で警備員に顔を向けた。

「黍名子中学三年の、神野です」

少年は、堂々と名乗った。

黍名子中学。聞き覚えのある学校名に、四方田はすぐに口を開く。

「給食についての質問って？」

「ヨモさん、時間……」

神野をまっすぐ見る四方田の横で、真田が焦った様子で腕時計を確認する。だが四方田は気にせず「聞かせてくれますか」と神野を促した。

神野はノートのページを開いて四方田に差し出した。真田と共に四方田がノートを覗き込む。

「うちの中学の残食率のグラフです。明らかに増えています」

ノートには、二月二日から一〇日ほどのグラフが記されていた。縦軸が残食率、横軸が日付、グラフの点の下には、その日のメインと思われるおかずの名前が書かれている。

二月二日の「肉団子《にくだんご》の甘酢あんかけ」と書かれていたメニューのときは、残食率は四五％だった。それが徐々に上がっていき、四日後の「ポークビーンズ」のところでは八〇％になっている。以降《いこう》の六日間は、残食率が七〇％を切る日がなくなっていた。そして最新の一〇日目の「豚肉《ぶたにく》と野菜のソテー」に至っては、九〇％の大台に乗っている。

無言で神野を見る四方田の横から、真田が戸惑いの声を上げる。

「え……こんなの、どうやって調べたの？」

「配膳室の人に手伝ってもらって調べました」

「なんのために？」

神野は不思議そうにする真田から、四方田に顔を向けた。彼が責任者だと察していたのかもしれない。

「——元のおいしい給食を、取り戻すために」

そう告げた神野の目は、真剣そのものだった。だからこそ、四方田はその言葉に衝撃を受けたように、「元の？」と繰り返した。

「来月の献立表に、ご飯が麦飯に替わると書いてありました」

「その予定です」

「みんなガッカリしています……いや、少なくとも、僕は白いご飯を食べたい」

実際、神野は麦飯になることを嘆くクラスメイトの様子を見てきたのだろう。しかしここまでやってきたのは、彼らのためではない。神野自身が、麦飯を残念に思っているからに他ならない。だからこそ、自分の意思として伝え直したのだろう。

しかし、四方田も引かなかった。

「麦飯は、健康にいいんですよ」

「健康のためなら、ご飯をおいしく食べることが一番大事です」

やさしく諭す四方田の言葉に、神野は毅然《きぜん》と答えた。そのときだった。

「――麦飯はうまいぞ」

不遜《ふそん》にも聞こえる声が、神野の背後から聞こえてきた。神野が振り返ると、そこには三人の大人が立っていた。髪を後ろに束ねた女性と、メガネの男性、そしていかつい顔つきの男性だ。メガネの男性に鞄を預けると、いかつい顔の男性はズンズンと大《おお》股《また》で神野たちに近づいてくる。

いかつい顔の男性は――教育委員の、鏑木だった。メガネの男性と、もう一人の女性も、教育委員会の関係者だ。

「麦飯は食物繊維《せんい》、タンパク質、ビタミンを多く含んでいる。育ち盛りの君たちには、米より麦がいいんだよ」

「……」

神野の前で足を止め、向き合う鏑木。その声や振る舞いに気圧《けお》された神野は、言葉を失っていた。その横で、四方田と真田は鏑木たちに軽く会釈している。

「君は、キビ中の三年と言ったね。担任は誰かね」

どうやら鏑木は、もっと前からこのやり取りを聞いていたらしい。神野は絞り出すように「甘利田先生です」と答える。

それを聞いた瞬間、四方田は驚いたように神野を見た。同時に、鏑木は小馬鹿にしたように大声で笑った。ひとしきり笑うと、「四方田さん」と圧の強い声で呼んだ。

「はい」

「参考までに、この子の意見をセンター長会議で聞いてみようじゃありませんか」

四方田は反射的に、鏑木の提案を「あ、でも」と遮ろうとした。しかし鏑木は、四方田に顔を向けると、変わらぬ圧の強さで続ける。

「貴重な子供の、生の声だ」

言いながら、鏑木は含みのある笑みを浮かべて神野を見る。

「この子も、それを望んでいるようだし」

「ぜひ、お願いします」

願ってもない提案に、神野は即答していた。

鏑木が一体、何を狙《ねら》っているのか。給食を異様に愛しているだけの中学生である神野には、知る由もなかった。

メニュー六

給食の本質

会議室に連れて来られた神野は、部屋の中央にいた。木製のひじ掛けとキャスター付きの、高級そうな椅子に座っている。膝《ひざ》の上にノートを置き、しっかり握りしめた。

そんな神野を囲うように、木製の長机が並べられ、それぞれ三人から四人ほどが座っている。

神野から見て右側の長机には、四方田と真田の姿もあった。神野は、二〇人以上の大人の中心に座っていることになる。

大半の大人たちが手元の書類を見て、センター長会議が始まるのを待つ中、四方田と真田だけは、心配とも戸惑いとも取れる、複雑な表情で神野のことを見つめている。大の大人が中学生を取り囲み、よってたかって裁判《さいばん》でもするつもりなのか。

神野にいつもの笑顔は当然なく、緊張からか表情が引き締まっていた。しかし不思議と、畏縮《いしゅく》した様子は見られなかった。

神野には、自分にとっての緊急事態がどうなるか――元のおいしい給食を取り戻せるのか、それが気になっているだけなのだ。

緊張感の漂う、静かな空間。沈黙を破ったのは、扉が開く音だった。一斉に四方田や真田、他の大人たちが出入り口へ視線を向ける。

　会議室に入ってきたのは、鏑木だった。神野の正面には、すでに先ほど鏑木と共にやってきたメガネの男性と、女性が座っていた。ちょうどその真ん中の空いている椅子に、鏑木はどっかと腰をかけた。

　鏑木の両隣に座る男女二人が、鏑木に労《ねぎら》うように会釈する。それだけで、鏑木がこの会議の中で立場が上の存在であることが改めて伝わってくる。

「皆さんに、ご挨拶しなさい」

　鏑木にそう促され、神野はゆっくり立ち上がった。ノートを椅子に置き、鏑木を見ながら口を開いた。

「黍名子中学三年一組の神野です。今日は……」

「彼は、新しい給食に文句があるというんです」

　神野の言葉を鏑木が遮った瞬間、室内に失笑が広がった。意見を最後まで言う前に、牽制《けんせい》しようとしているのがわかる。笑いが収まるのを待たずに、鏑木は「って、ことだよね」と神野に確認する。

「ここ数か月の給食は、味が変です」

　そんな牽制にも負けず、神野は気を取り直して続けた。

「僕らの健康に気を遣ってくれるのはわかるけど……給食って、それだけではないと思うんです」

「それだけではない、と言うと？」

「給食は、学校生活で一番の楽しみです」

真剣に言った神野の言葉を、周りの大人たちはさらに笑った。その反応に、神野の表情が強張《こわば》る。

今まで、こんな大勢の大人に笑われるような経験など、神野にはなかった。しかもその笑いには、明らかに神野を馬鹿にするような響きが含まれている。さすがの神野も、誰一人味方のいない状況を自覚して、心細さを感じはじめていた。

しかし、四方田だけは笑わず聞いていた。隣の真田は笑っていたが、四方田が睨むと静かになる。そこに、鏑木がまた圧のある声を放つ。

「君は中三だろ？　小三のようなことを言っちゃダメだぞ」

「中三だから言うんです。もう僕たちには、後がないんです」

「後がない？　バカ言っちゃいけない。君の人生はまだ始まったばかりだ」

「僕の人生の給食は、あと少しで終わりです！」

給食を食べ続けるために、教師を目指している。だが絶対に教師になれるという保証もなければ、仮に教師になれたとしても、生徒として食べる給食が残り僅かなことに変わりはない。

他人にとっては大袈裟《おおげさ》に思えるかもしれないが、神野は本気だった。

嘲笑《ちょうしょう》混じりの鏑木の言葉にも挫《くじ》けず、神野は切実な声を上げ続けた。

「お願いです。僕に給食を完食させてください！」

「――いい加減にしなさい」

鏑木の声から、侮《あなど》るような嘲笑は消えた。

「君が言っているのは単なる好き嫌いじゃないか。大人が君たちの未来を真剣に考えて健康食に切り替えているんだ。感謝こそすれ、批判するとは言語道断《ごんごどうだん》だ」

神野は反論できなかった。鏑木の言っていることは、正論だったからだ。異論はあっても、鏑木の言うことそのものが間違っていない以上、どう反論すればいいのか、今の神野にはわからなかった。

もっとも、神野が異論を唱えたところで、鏑木が聞き入れる気があるかは、怪しかったが。

「君にそんなことを言わせている奴がいるんじゃないのか。たとえば……担任の教師とか」

鏑木がそこまで言うと、隣にいた女性が目を見開きながら鏑木を見る。特定の人物を名指ししたことに驚いたのだろう。もしくは、圧のある鏑木の声に、ただならぬ何かを感じたのか。

「……違います。僕が、勝手に」

力ない声で、神野はゆっくり答える。

神野の脳裏に蘇るのは、最後に甘利田と二人きりで話したときのこと。

『給食は、毎日出てる。何の問題がある』

『学校は勉強するところだ。しかもお前は、受験生だ』

あれだけ給食が大好きで、神野の創意工夫に一喜一憂《いっきいちゆう》し、全力で給食を楽しんでいたはずの甘利田が、神野の主張を冷たく突き放した。

甘利田は、もう給食などどうでもいいと思っているのか。

神野は、そうは思いたくなかった。元のおいしい給食を取り戻し、最後まで完食したい。

共に給食を楽しんでいる、甘利田と共に――

「――神野ぉ！」

沈黙に支配される会議室の中に突然、男の声が飛び込んできた。聞き覚えのあるその声に、神野は振り返る。

神野の後方、部屋の出入り口の扉が、勢いよく開け放たれた。ズカズカと入ってきたのは――甘利田だった。

出入り口に近い席にいた男性が立ち上がり「会議中ですよ」と声をかけるが、甘利田は「神野」と呼びかけながら、会議室中央まで歩み寄ろうとする。

男性が腕を伸ばして止めようとするが、甘利田は振り払う。「何なんですかあなた！」「ちょっと！」などと慌てた様子で、さらに数人が近づいて止めようとするが、甘利田は強引に突っ切った。すると、それを遮るように真田が立ち塞がった。

「ちょっとすみません、部外者の方は――」

「真田くん」

真田が最後まで言う前に、四方田が手を出して制した。戸惑う真田を横目に「皆さんも」と他の人たちにも声をかける。四方田の言葉が効いたのか、甘利田を止めようとする動きはなくなった。

「これは……なんだ」

甘利田は改めて、会議室内を見渡しながら呟く。

甘利田に注目する大人たち。そして——その中心に一人立っている、神野。

「中学生を囲んで、大人たちが吊《つ》るし上げか」

客観的に見れば、そうとしか思えない光景だ。多くのセンター長たちは、甘利田の闖入《ちんにゅう》に戸惑うばかりだったが、四方田はただ俯いていた。

そんな中、戸惑いも気まずさも、まったく感じていない人間がいた。

「——久しぶりに会ったのに、挨拶もなしかね」

鏑木だ。相変わらず高らかに圧の強い声を甘利田に向ける。

「挨拶に値する人間のつもりか」

憎々しそうに吐き捨てる甘利田に、鏑木は「なっ、失礼だぞ！」と指を差して怒気を含んだ声を上げる。甘利田は気にした様子もなく続けた。

「かつてあんたは、ある中学で給食を廃止《はいし》した。抗《あらが》った教師を別の中学に飛ばした。そこでも給食を取り上げようとして失敗。今度は、味を変えてきた」

淡々と、それでいて憤りを感じさせながら、甘利田はゆっくり鏑木のほうへ歩みを進めていく。

「もはや……これは、私への私怨《しえん》だな」

「人聞きの悪いことを言わないでほしいね。生徒の健康を担保するのが、真の食育だよ」

自分の正しさを主張するように、鏑木が大仰《おおぎょう》な動きで甘利田を指差す。

だが強気な鏑木の言葉に、甘利田は一切怯《ひる》むことはなかった。

「給食は流動食ではない」

甘利田にとって、給食は流動食のような「栄養を摂取するためだけのもの」ではない。家でのマズイ食事よりも楽しみで、充実した時間だったのだ。

給食が健康に配慮されるべきなのは確かだが、給食を流動食と同じようにしようとしている現状を、黙って見ているわけにはいかなかった。

一度は、共に給食を愛する神野を——突き放してしまったからこそ。

「ただ健康ならそれでいいとしているなら、子供たちのことをまるでわかってない」

まっすぐ言い返す甘利田の姿を、神野は戸惑いと——どこかホッとした様子で見つめていた。

甘利田は、やっぱり給食がどうでもいいなんて思っていなかった。ちゃんと、給食を食べる自分たちのこと——いや、給食のことを、考えてくれていた。

考えて、戦ってくれている。今の甘利田を見れば、そのことがよくわかった。

「子供に迎合《げいごう》しろというのか」

「まずい給食は残す。そんな単純なことに、なぜ気づけない」

「それを食わせるのが、お前たち教師の役目だろう！」

恫喝《どうかつ》するように長机を叩いて立ち上がると、鏑木はそう吐き捨てた。気の小さい人間なら畏縮し、何も言えなくなるところだろう。

　もちろん、甘利田は違う。

「まずいと認めたな」

鏑木の怒声とは対照的に、甘利田の声は淡々としていた。だからこそ、彼が鏑木の言葉の痛いところを突いていることが浮き彫りになる。

言い返せない鏑木をひと睨みすると、甘利田は一番近くの長机まで歩み寄って手を突いた。

「――ここにいる、全員に問いたい」

突然のことにセンター長たちの数人の身体が、ビクリと反応する。

「あんたらは作っても残される、人気のない食事を子供たちに日々食べさせて満足なのか」

言葉通り、甘利田は目の前の鏑木だけでなく、甘利田を止めようと立ち上がった人たちも含めて、この場にいる人間——給食センター関係者の人たちに問いかける。反応はない。それでも甘利田は続けた。

「まずいラーメン屋なら、行かなければいい。だが子供たちは、給食センターを選べない。強制食なら、強制させるだけのサービス精神が必要だ。自信をもって、それがあると言えるのか？」

甘利田の悲痛な叫びが、会議室に響き渡る。誰一人反応を見せなかったが、同時に笑う者もいなかった。

ただ一人を、除いては。

「好き嫌いをなくし、健康的なものを作っているんだ。それが一番のサービスだ」

口を挟んだのは、鏑木。甘利田は改めて、鏑木のほうに向き直った。

「——好き嫌いで私を飛ばしたあんたが、それを言うのか！」

「何をぉ！」

甘利田と鏑木の、圧の強い声がぶつかる。どちらも怯まない。だが甘利田と違い、鏑木は反論できていなかった。

「あえて言おう。給食は、デタラメであるべきだ」

　鏑木の正面まで、甘利田はゆっくり歩み寄っていく。

「どんなおかずにもパンと牛乳がつき、和食と洋食と中華《ちゅうか》が混在したり、無駄に油っぽく、変に大味で、異様に食いにくく、途方もなくベットベト」

　あえて言う、というだけあってボロクソな言い草だった。言葉だけならただの悪口にしか聞こえない。甘利田はさらに続ける。

「だが――それがいいんだ。子供たちは与えられた献立を、自分たちで工夫して食べている」

　与えられた献立を、工夫して食べる――神野はその代表格だ。

　子供だと侮ったり、そのおいしそうな工夫に敗北感を与えられたり、時に絆《きずな》のようなものを感じてしまったり。甘利田は、神野の「創意工夫」を思い返しながら、さらに言葉を紡いでいく。

「子供に必要なのは、好奇心と創意工夫。手取り足取り子供に迎合しているのは、むしろあんたたちだ」

　鏑木だけでなく、甘利田は会議室にいる大人全員に向けて言い放っていた。

　突然の闖入者に場を乱され、大半の者は戸惑うばかりだった。反論していた鏑木も、言葉が出なくなっている。

唯一――四方田だけが、甘利田の話に真剣な表情で聞き入り、受け入れているように見えた。

「……麦飯も悪くないが、健康を理由に銀シャリを取り上げられたら、さすがに黙ってはいられない」

静かになった会議室に、甘利田自身の――給食を楽しみにしている人間としての本音がこぼれた。

「ふっ――ふははははっ！」

途端に、鏑木が声を出して笑った。両側に座る男女にも同調するよう大仰に腕を振る。僅かに笑い声が起こったが、先ほど神野を笑ったときよりも弱く、すぐに消えた。

「言いたいことは、それだけか」

勢いづくには足りない笑い声だったが、鏑木は気にせず吐き捨てる。

「教師の発言とは思えんな。まるで食い物の恨みを晴らしに来たチンピラだ。さっ、余興はこれまでにしましょう」

会議室内を見渡しながら言うと「その生徒を連れて退室しなさい！」と荒々しい声で命じる。神野を指差し、出入り口へ促す大仰な動きもセットだった。

「……」

神野は、悔しそうに表情を曇らせていた。そんな神野や、静まり返る会議室内をゆっくり見渡すと、甘利田は鏑木を睨みつけた。

「なっ……なんだ」

鏑木が、少し動揺した声を漏らす。今まで甘利田と鏑木のこういった対決の場面では、最後は意外と素直に甘利田は引き下がっていた。それとは違う甘利田の様子に、戸惑っているのだろう。

甘利田は鏑木の正面まで歩み寄っていく。

「そういう、態度だぞ！」

向かってくる甘利田を拒絶するように、鏑木は指を突きつける。甘利田は怯むことなく歩を進め——鏑木の指先が、甘利田の鼻先まで迫る。

「また飛ばされたいのか！」

鏑木が高圧的にそう言った直後、甘利田はその指先をガシッとつかんだ。

予想外の反応に目を見開くと「放せこの！」と指を引き抜こうとする鏑木。両隣の二人も、甘利田の手を放そうとつかみかかる。

甘利田は、一切動かなかった。

「——食い物の恨みは、怖い」

まっすぐ鏑木を見る目は真剣そのものであり、その声も有無《うむ》を言わさぬ力を放っていた。鏑木に怯えはないが、引き離そうとした二人はその圧に負けて離れていく。

「なぜなら私は――おいしい給食が、大好きだ」

好きなことを語るには無愛想で飾り気がなく、無骨すぎる声だったが――だからこそ、甘利田の言葉は真摯だった。

大半の人間は、何を言っているか理解できなかったかもしれない。

だが神野は、甘利田の言葉を強く理解――いや、共感していた。曇らせていた表情が少しだけ明るさを取り戻していた。

そしてもう一人――四方田も、他の大人たちとは違う顔つきをしていた。会議を荒らした甘利田を、どこか納得したような表情で見つめている。

結局、鏑木は自力で自分の指を引っ張り出し、甘利田の手から解放した。しかし、甘利田の最後の言葉には、何も返さなかった。

これで終わり――そう悟った甘利田は、鏑木に軽く会釈して背を向けた。

神野の傍らまで歩み寄ると、椅子に載っていた神野のノートを拾い上げる。

「待たせたな、神野。帰るぞ」

甘利田は神野にノートを渡すと、労うように肩を叩いた。そのまま、連れ立って会議室を出ていく。

その間、会議室内で口を開く人間は誰もいなかった。センター長たちは、黙って甘利田と神野に道を譲《ゆず》る。

二人の背中を見送ると、四方田は静かに会釈していた。真田も四方田に倣《なら》うように会釈するが、すぐに顔を上げる。

だが四方田は、甘利田に敬意《けいい》を表すように、しばらく顔を上げなかった。

会議室を出てすぐの階段を、甘利田は神野と共に降りていく。少し遅れて降りてくる神野が「先生」と声をかけてきた。

「すいませんでした」

「……無鉄砲《むてっぽう》に乗り込む奴があるか」

神野に背を向けたまま返す甘利田。怒りや憤りはなく、ただ呆れたような声だった。

神野は素直に「はい」と返事をする。

「お前は、カッとすると見境がなくなるところがある」

「……はい」

「だが……」

階段の踊り場まで来て、甘利田の足が止まった。神野が追いついて、横に並ぶ。

不思議そうにしている神野に向き合い、甘利田は続けた。

「お前は、間違ってはいない」

「――はい」

甘利田の言葉に、神野は僅かに微笑んだ。

すると、甘利田たちの背後から「すみません」と声が聞こえてきた。二人が振り返ると、四方田が小走りで階段を降りてくる姿が見えた。

「あの、先生……」

二人に追いつくと同時に、口を開く四方田。

甘利田に話があると察した神野が場所を譲ろうと一歩下がると、甘利田は進み出て神野を庇《かば》い、四方田と真正面から向き合った。甘利田にとって、四方田も他のセンター長たちと同じ、「中学生を吊るし上げた大人の一人」だったからだ。

四方田は、自分を警戒《けいかい》するような態度の甘利田を見ても、気にした様子もなく毅然とした態度で話を続けた。

「センターの方針《ほうしん》なので、私は従わなくてはなりません。ですが……先日乗り込んでこられたのは、こういうわけだったんですね」

真剣そのものの四方田の言葉を聞いていた神野が、甘利田の後ろでピクリと反応する。驚くような、納得がいったような複雑な表情で、甘利田の背中を見つめている。

「先生が言った、給食の本質が……少しだけ、理解できました」

「……そうですか」

答えた甘利田の表情はまだ険しく、警戒心を隠そうともしなかった。

それでも四方田は続けた。

「私は――おいしい給食が、作りたいです」

言い切った四方田には、微笑みが浮かんでいた。自分の中にあったわだかまりが、少しだけ解消された――そう思える、晴れやかな表情だった。

すぐに全てを変えることはできない。それは承知の上で、抗いたいと決意する人間の、まっすぐな言葉。

そんな四方田の言葉に、甘利田はゆっくりと、深く頭を下げた。

「……お願いします」

甘利田の顔からは険しさが薄れ、その言葉が真剣な願いであることが伝わった。

同じ願いを持つ神野も、倣って頭を下げる。

甘利田からそれ以上の言葉はなく、まっすぐ出入り口に向かう。その背中を、神野も追っていった。

四方田は会議室のときとは違う明るい笑顔で、二人の後ろ姿を見送っていた。

市役所を出て、二人はしばらく黙って歩いていた。タクシーを使って移動するような距離なので、学校に戻るまでかなり時間がかかる。

市役所から離れ、現在は比較的人通りの少ない場所を進んでいた。

田園が広がり、ポツポツと一軒家が見える近くに、川が流れている。通学時間帯ならともかく、平日の昼間だからか川にかかる橋に人影はなく、甘利田と神野の二人だけが並んで歩いていた。

人が周りにいないタイミングを見計らってか、神野が「先生」と声をかけた。声は出さず、顔を向けて甘利田は反応を返す。

「先生も、乗り込んだんですか」

急に痛いところを突いてきた神野に、甘利田は動揺する。その証拠に、神野の視線から逃げるように顔を背け、橋の欄干《らんかん》のほうを向く。

「……乗り込んでない」

ぶっきらぼうな回答に、神野が僅かに笑った。

「でも……」

「神野」

言い募ろうとする神野を、甘利田がぴしゃりと遮る。背けていた甘利田の顔が、再び神野を見据える。

「子供が一人でタクシーに乗っていいと思っているのか」

「……すいません」

強引に神野の行動を咎《とが》める方向で話題転換をした甘利田だったが、それでも神野は素直に謝る。だがそこに少しだけ、笑みが混じっていた。

甘利田が歩みを止める。急に止まった理由がわからず、戸惑いながらも倣う神野。

不思議そうな顔をしている神野に、甘利田はぐっと顔を近づけた。

「――一〇年早い」

圧の強い目力《めぢから》と声で言い捨てると、甘利田は足早に歩き出す。その背中を見て、神野は満面の笑みを浮かべた。

「はい！」

今日一番の明るい返事を返すと、嬉しそうに甘利田の後を追った。

給食が大好きで、それを隠そうとしているのに隠しきれていなくて、自分のことを棚に上げることもあるけれど——まっすぐな人。

神野の知る甘利田が帰ってきた。神野は密かに、そんなことを思っていた。

ラストメニュー

素直な気持ちのハンバーグカレー

一九八七年、春。

朝の職員室。朝礼をしている教師たちは、全員起立した状態で、箕輪の話を聴いていた。

「いよいよ明日は卒業式です。三年担任のお三方は、本当にお疲れさまでした」

一番前に立つ宗方と、三番目の真野は深く頭を下げるが、甘利田は軽く会釈をするだけだった。

「学年主任の宗方先生、一言お願いします」

声をかけられた宗方は「はい」と返事をすると、前に出て箕輪の横に並んだ。教師たち全体にお辞儀《じぎ》すると、口を開く。

「生徒たちも頑張りましたし、皆さんにご協力いただいて、無事、受験を終えることができました。この場を借りまして、お礼を申し上げます」

そう言って、再び宗方は深く頭を下げる。労うように、教師たち全員のあたたかい拍手が職員室に満ちた。

「初めての学年主任で、プレッシャーもあったと思いますが、立派にやり遂げていただきました。感謝します」

箕輪が宗方のほうを向き、その言葉を表すように丁寧に一礼する。宗方も応えるように頭を下げる。顔を上げると、「それと」と箕輪が話を続けた。それを合図に近くにいた教師が箕輪に書類を渡した。

「新学期ですが、新しい先生が赴任されます。函館の、忍川《おしかわ》中学で数学を教えておられた秋本《あきもと》豊《ゆたか》先生が、縁あって我が校にいらっしゃることになりました」

箕輪の話を隣で聞いていた宗方の表情が、怪訝から戸惑い、そして驚きに変わった。

宗方は、中学の名前も、秋本豊という名前も知っていた。数か月前にお見合いをした相手だから当然だ。

信じられないものを見るような目で箕輪を凝視する宗方だが、箕輪は気づいているのかいないのか、話を続ける。

「つきましては、教師の越境《えっきょう》トレードという形になるんですが、うちからは甘利田先生に忍川中学へ赴任していただくことになりました」

「……」

本人は平然としているものの、後ろにいる真野、周りにいる教師たちは戸惑いの視線を甘利田に向けていた。

その中で宗方は、戸惑いを通り越して動揺していた。

「急なことですが、甘利田先生は明日までの勤務、ということになります」

申し訳なさや寂《さび》しさを滲ませながらも、ハッキリと言う箕輪。甘利田、そして箕輪を交互に見ながら思わず宗方が「あの、ちょっと……」と口を挟もうとするが、箕輪は「甘利田先生、何か一言」と遮る。

口を挟める空気ではなくなり、言葉を引っ込める宗方。代わりに甘利田が「はい」と低く返して箕輪の元へ歩み寄る。宗方は納得できない表情のまま、甘利田に場所を譲るべく一歩下がった。

宗方と箕輪の間に立ち、甘利田は教師たちに向けて口を開く。

「二年間という短い間でしたが、皆さんには色々とお世話になりました。急な転勤になりましたが、新天地で頑張って参ります」

丁寧に頭を下げながら、簡単に挨拶をする。箕輪が手を叩くと、教師たちからも拍手が起こる。

宗方だけは拍手もせず、納得できないとでも言いたげな顔で、拍手をする教師たちと——甘利田を見ていた。

朝礼が終わり、職員室を出た甘利田は、そのまま校庭に向かった。卒業式の準備などやることはあるが、甘利田はすぐに手をつける気にはなれなかった。

校庭の隅を目的なく歩いていた甘利田の背後から、パタパタと近づいてくる足音が聞こえてきた。すぐに、甘利田の横に並ぶ。

「説明してください！　まったく理解できません」

甘利田を追ってきたのは、宗方だった。

「どの部分がですか？」

不思議そうに問う甘利田に、宗方は怒りを抑えた声で問いを返す。

「甘利田先生が、何で秋本さんとトレードなんですか」

「それぞれの思惑が合致しただけです。こっちに来たい教員がいて、あっちに行きたい教員と交換する。ただそれだけです」

平然と言ってのける甘利田だが、宗方は眉間に皺を寄せ、険しい顔つきで言う。

「校長先生の差し金ですか」

甘利田は、すぐには答えなかった。どう言えばいいのか、しばし考えるような間が空いた後「最初はそうでした」と続ける。

「でも、今は私の意思です」

「……私に、あんなこと言ったからですか」

宗方の言う「あんなこと」。ウイスキーボンボンと奈良漬けで酔ったときに言った、プロポーズとも取れる言葉。

甘利田は周りに人がいないか首を回して確かめると、足を止めた。こういった話を、生徒の耳に入れるわけにはいかなかった。さっきまではベランダではしゃぐ生徒たちの気配があったが、今はもうない。

「……校長に、宗方先生の気持ちを確認してくれと、依頼されました」

宗方に顔を近づけ、声を潜《ひそ》めながら言う。

「でもその前に、お相手を確認しておこうと思いました。つまらない人物だったら、宗方先生の意思を確認するまでもないと思ったからです」

険しい顔つきのまま、宗方は何も言わなかった。続くだろう甘利田の言葉を待っている。

「秋本先生と電話で話しました。そしたら……」

「どうだったんですか？」

「盛り上がりました」

緊迫した空気の中、甘利田の言葉は意外なものだった。意表を突かれる回答に、宗方は拍子抜けしたような顔で「盛り上がった？」と繰り返す。一体何の話で盛り上がったというのか。

「ええ。宗方先生への気持ちに、嘘がないと確信しました」

「そんなこと、なんでわかるんですか」

そこはスルーして、甘利田は断言《だんげん》した。彼にとって今大事なのは、盛り上がった話題より、その確信を持ったことらしい。

宗方としてはそれで納得できるはずもない。不服そうな宗方に対し、穏やかな表情で甘利田は続けた。

「たとえばレストランで、料理に宗方先生が苦手な食材が入っていたらどうしますか、と問いました」

険しい表情のままの宗方の顔に、戸惑いが滲む。構わず甘利田は続けた。

「私がその苦手なものを食べてあげたい、とおっしゃいました」

「……なんですかそれ」

「これは、もう本物だと確信しました」

「本物って、なにが――」

わけがわからず問いつめようとした直後、宗方の脳裏にあることが思い出された。進路について個人面談をした際、俵が的場と付き合っていることがわかったときのことだ。

『先生、知ってたんですか？』

『なんとなく。俵の苦手な食材を、的場が食ってあげてましたから』

『……え、そんなので付き合ってるって気づきますか？』

『食を分け合うというのは、もはや配偶者ですから』

あのときの言葉と今言ったことは、甘利田の中では同じ理論によるものだと――宗方は気づいた。

甘利田にとって、秋本の答えは「宗方の配偶者に相応《ふさわ》しい」ものだった。だから「本物だと確信した」と断定したのだ。

「……だからその理論、変ですって」

それでも、おかしいことに変わりはない。もしそれが正しいのなら、あのとき、駄菓子屋でのことは――

宗方がまた別のことを思い出したとき、甘利田はキッパリ言い切った。

「気持ちに嘘がなくとも、距離がありすぎると伝わらないものです」

物理的な距離は、自然と見えないものを増やす。逆に近くで時間を過ごせば、見えていなかったものが見えてくる。

裏を返せば甘利田が転勤してきたばかりの頃には見えなかったものが、今の宗方には見えているのと同じことだ。

宗方が秋本と過ごす時間を増やせば、良い関係を築けると甘利田は確信していた。

「なので、最善の策を思いつきました。それが、私とのトレードです」

だから、こんなことを言いだしたのだろう。それでも、宗方には到底納得はできなかった。

「何も、甘利田先生が行くことは……」

「私がここにいると、この地域の給食の味を……守れない」

宗方のことを思って、秋本とのトレードを思いついた――そういった流れのはずが、甘利田の口から出た給食云々《うんぬん》の言葉に、宗方は「は？」とまたも気の抜けた声が出た。

「私が去れば、きっと元のおいしい給食に戻ります」

「どうして、そうなるんですか？」

「まさに、両方にメリットがある」

甘利田の結論を聞いた宗方は、小さくため息をついた。

「先生は……本当に、給食ばっかりなんですね」

宗方は力なく笑った。だがその笑みもすぐに消える。

悲しみと戸惑いと――もうどうしようもないんだという諦めを含んだ表情で、宗方はまっすぐ甘利田を見つめた。

甘利田も、宗方をしっかり見つめ返していた。

黍名子中学に来て、二年。短い時間ではあったが、甘利田と宗方の間には色々なことがあった。

学年主任という立場の責任感から、給食に異様に執着する甘利田を警戒していた宗方。だが甘利田に感じていた「自由」と、自ら課していた「不自由」に気づき、給食を異様に愛する甘利田の「本質」を知ることができた。

甘利田自身も、宗方が最初自分を快く思っていないことには気づいていた。だが彼女の心情の変化から、少しずつ態度が軟化していき――最後には、甘利田を庇ってくれるまでになっていた。

何より、宗方から「甘利田先生みたいになりたい」と言われたことで、甘利田も救われたところがあった。

宗方だけでなく、箕輪や真野といった黍名子中学の教師や、駄菓子屋のお春といった人たち。今回のトレードは、そんな彼らとも離れることになる。

決して「メリットしかないトレード」ではないことを、甘利田自身もよくわかっていた。

明日の卒業式で、黍名子中学を去る。そして――

「今日は私にとって、この土地での最後の給食です」

その事実を噛み締めながら、甘利田は視線を遠くへ向けた。その声は、ほんの少しだけ震えているように聞こえた。

宗方に「失礼」と会釈し、甘利田はその場を後にした。

甘利田の背中が、徐々に離れていく。ここで何も言わなければ、全てが終わってしまう。

「――先生」

離れて行く後ろ姿に声をかけると、甘利田はあっさり足を止め「はい」と振り返る。

ためらいながら、宗方は口を開いた。

「あのとき、酔っぱらっていたって……駄菓子屋のおばさんに聞きました」

「いや……その節は……本当に……」

バツが悪そうに言葉を濁《にご》す甘利田だが、宗方は動揺する様子を見て笑う。

「すっかり騙《だま》されました」

「いやその……なんと言っていいか……」

歯切れの悪い甘利田を見ながらも、宗方は笑う。

甘利田が騙そうとしたわけではないことなど、宗方にはわかっていた。だがあのときの言葉が「酔っぱらったからこそ出た言葉である」という事実は変わらない。

『本当に……宗方先生が奥さんだったら、どんなにいいかと思います』

ウイスキーボンボンで酔っぱらった甘利田が、宗方の奈良漬けおにぎりを食べたときの言葉を改めて思い出す。

「でも……少し嬉しかったって言うか……」

嬉しかったからこそ、ほんの少しだけ、意地悪を言いたくなっただけだ。

甘利田の理論の通りなら――食を分け合った甘利田だって、宗方の配偶者として相応しい、ということになるはずだから。

「――申し訳ない」

甘利田は深く頭を下げた。

駄菓子屋での甘利田の言葉や、奈良漬けを食べたことは、酔っぱらった勢いでの所業だ。だから、謝るしかできないのだろう。

誠実に頭を下げる甘利田を、寂しさを含んだ笑みで宗方は見つめる。

「……真に受けることにします。先生に言われたこと」

「いや、それは」

「函館に行っても、私が真に受けていること、忘れないでいてください」

そこまで言ったときには、宗方の顔から寂しさは消えていた。真剣な眼差《まなざ》しの、柔らかい笑みだった。

「だって、結婚……」

他の人と結婚する相手を口説くような物言いをしてしまった事実を思えば、甘利田の声が動揺で震えるのも当然だ。宗方は笑って続ける。

「真に受けとくだけです。甘利田先生は、たぶん……酔っぱらっていても、本心しか言わない人だから」

まっすぐそう言う宗方からは、甘利田への気持ちがうかがえた。

甘利田自身、あのとき言った言葉は記憶にない。なんてことをしてしまったんだ、と頭を抱えることしかできなかった。

だがそれでも「そんなことを自分が言うわけはない」と、完全に否定することは、できなかった。

記憶はなくとも、宗方に対して何も思うところがないとは、言い切れないからだ。

その「思うところ」が、どういった気持ちなのか——それだけは、結局甘利田にもよくわかっていなかったけれど。

甘利田がますます自分の感情に困惑《こんわく》する中、

「初めて——私が先生に認めてもらえた言葉だったから」

明るい笑顔で、宗方は噛み締めるように告げる。

学年主任として頑張ってきたことも甘利田は知っていただろうし、その仕事が認められていない、とは宗方も思っていない。

だが、宗方が一生懸命学年主任として頑張っていても、甘利田は上の空で今日の給食のことを考えていたり、何かにつけて給食に結びつけたりしていた。

今でこそ、「それが甘利田だ」と思えるようになったが、良くも悪くも素直な甘利田の行動原理は、とにかく給食。時々駄菓子。食べ物にまつわることばかりだ。

そんな甘利田が、自分の作った奈良漬けおにぎりを食べて「おいしかった」「奥さんだったらどんなにいいか」と言ってくれた。

その言葉は、「学年主任」ではなく「宗方早苗」という人間に向けられたように思えたから。

だから嬉しくて、酔っぱらっていたと聞いて少し落胆したけれど——真に受けておく、なんてことを宗方は言いたくなったのだ。

何においても給食を最優先する男からの、最大の褒《ほ》め言葉だったから。

「最後の給食、おいしいといいですね」

言いたいことを言い切ったからか、甘利田から見た宗方の顔はさらに晴れやかになっていた。

今までで一番魅力《みりょく》的な笑顔でかけられたあたたかい言葉に、甘利田は静かに「はい」と答えた。

四時間目終了のチャイムが鳴り響く。三年生にとっては、最後の給食の時間がやってきた。

給食係たちは笑顔で、寸胴鍋、給食缶、食器や牛乳の入ったカゴを運んで三年一組前の廊下まで戻ってきた。給食に異変が起きてから、こんなに楽しそうに教室に戻ってきた給食係たちの姿は初めてだった。三年一組の給食係たちだけでなく、他のクラスの給食係たちも明るい表情で各々の教室に入っていく。

配膳台にそれぞれ並べ終わる頃には、すでに配膳を待つ列ができていた。その先頭にいたのは、神野だ。

給食係たちが、それぞれ給食缶や寸胴鍋のフタを開けた。中を見た瞬間——神野は目を見開く。喜びに頬を緩めると、反射的に振り返った。

神野の視線の先には、生徒に交じって列に並んでいる甘利田がいた。周りには、すでに鍋の中を見た生徒たちが、テンション高く喜んでいる姿があった。

甘利田の位置から寸胴鍋の中身は見えないので、目を閉じて嗅覚《きゅうかく》に集中している。

最初に嗅覚を刺激したのは、スパイシーで濃厚なカレーの香りだった。懐かしい香りに、思わず甘利田は列から外れ、配膳台に進み出る。

そこで目にしたのは、平たい給食缶に入った、湯気の立つ真っ白な白米。隣の寸胴鍋には、ニンジンに玉ねぎ、ジャガイモがしっかり入ったカレー。緑鮮やかなわかめスープ、大きなハンバーグなどが並ぶ。

そして最後にある牛乳瓶の隣には、イチゴのロールケーキがあった。輪切りにされたロールケーキのスポンジ、生クリーム、イチゴの断面が鮮やかだ。一つ一つ円形のアルミ製容器に断面が見えるように入っていて、透明《とうめい》なプラスチックのフタまでされているため、普段のデザートよりも特別感があった。

（これは……）

不可解に思いながらも、すぐに甘利田はあることを思い出した。

『私は――おいしい給食が、作りたいです』

給食センターの栄養士、四方田岳の言葉。大真面目に宣言した通りのことが、今、目の前で実現されている。

（最後にして……最強じゃないか……）

甘利田は頰を緩ませながら、同じように喜びで緩んだ笑顔の神野と、顔を見合わせた。

すると「先生、横入りダメですよ」と後ろにいた生徒に注意された。振り返ると、すでにクラス全員の列ができていた。皆、待ちきれないとばかりにウキウキしている。

そんな生徒たちを見て、甘利田は「あ、ああ」と少しだけ動揺を含んだ返事をすると、列の元いた場所に引き返した。

（やってくれるぜ……給食センター）

笑顔で配膳を受け、席に戻っていく生徒たちと――甘利田。

配膳が終わってほどなくして、校内放送で校歌が流れ始めた。生徒たちは晴れやかな笑顔で、いつもより気合の入った声で校歌を歌う。

甘利田も、満面の笑みで歌っていた。帰ってきたおいしい給食の姿を称えるようにトレイを持ち上げ、歌に合わせて掲げる。ひとしきり称え終わるとトレイを置き、いつものように腕を振って身体を揺らし、さらに喜びを表現した。

校歌斉唱が終わると、前に立っている日直――的場と俵が「手を合わせてください」と掛け声をかける。

顔を見合わせた二人は、嬉しそうに笑い合うと「せーの」とタイミングを合わせた。

「いたーだきます」

二人の声に続いて、教室中に「いたーだきます」の明るい声が広がる。甘利田も頬を緩め、嚙み締めるように「いただきます」と小さく囁く。

給食時の日直の仕事を終えた的場と俵が、席に戻ろうとしたとき、

「あれ、ロールケーキ、一個余ってる」

配膳台に視線が向いた俵が声を上げた。途端に的場が素早く配膳台に戻ってきて、

「ラッキー！」と目を輝《かがや》かせる。

「先生、ジャンケンでいいですか」

声をかけられた甘利田は、首を伸ばして配膳台の上に残ったロールケーキを確認する。

甘利田が返事をしない間に、学級委員の皆川が手を挙げ、勢いよく立ち上がった。

「私、ジャンケンします！」

そう高らかに宣言すると、「俺も！」「私も！」と次々に生徒たちが席を立つ。

その中には、嬉しそうな笑みの神野の姿もあった。なぜか、他の生徒たちから拍手が上がる。

神野の姿を確認すると、甘利田も立ち上がった。参加の意思を示すため、しっかりと手を挙げて。

配膳台の前に、甘利田を含めた八人が集まり、輪になった。

全員の声が「最初はグー、ジャンケンポン！」ときれいに揃った。だが八人もいると、すぐに勝負はつかない。「あいこ、でしょ！」の掛け声が続く。

甘利田を含むジャンケン参加者たちの声に、だんだんと熱がこもっていった。周りの生徒たちも、参加者たちの掛け声に合わせて身体を揺らし、楽しそうに勝敗を見守っている。

三年一組は今、おいしい給食を目の前に、一つになっていた。

何度目かのあいこの後――ついに勝敗がつく。

敗者が出したのはチョキ。グーを出した勝者は――甘利田だった。

自分の勝利が確定した瞬間、甘利田は雄叫《おたけ》びを上げると、倒れそうな勢いで膝を突いた。メガネが取れそうな勢いでガッツポーズを決める。傍《はた》から見ると大人げない甘利田に対し、拍手をして祝福《しゅくふく》する生徒たちは、意外と大人だった。

そんな状況など気にもせず立ち上がると、甘利田は嬉しそうに平らな給食缶からロールケーキの入った容器を大切に取り出し、掲げた。

最初は残念そうな顔で拍手をしていたジャンケン参加者たちも、無邪気《むじゃき》に喜ぶ甘利田を見て、最後は笑顔になっていた。

甘利田も生徒たちも自分たちの席に戻り、改めて給食に向き合う。

手を合わせ、じっとトレイを見つめる甘利田。トレイの外には、ジャンケンで勝ち取った二つ目のロールケーキもしっかり鎮座している。目を閉じる前に、甘利田は生徒たちの様子を見渡した。

（一年、二〇〇食。義務教育九年間で一八〇〇食。これが、こいつらにとって最後の一食だ）

騒がしくお喋りしながら食べるグループや、会話はなくとも嬉しそうに先割れスプーンを動かしているグループもある。しばらく失われていた、笑顔で給食を食べる生徒たちの光景が広がっていた。

（ちなみに、私は教師生活一二年。通算四二一五食目の給食だ。毎年、卒業前のこの日は特別メニューが出る）

そんなことを振り返りつつ目を閉じ、甘利田は目の前の給食に集中した。

（門出を祝う、最後の晩餐《ばんさん》。今年は、この楽しみがなくなったと諦めていた。だが、神は見捨てなかった……見よ、この素晴らしきグランドフィナーレを）

目を開き、再びトレイを見つめる。そして給食前の儀式としてメガネを外した。昼に食べる給食を「最後の晩餐」と表現したくなるほど、今日のメニューは特別だった。

（今日のメニューは、ラストを飾るのにふさわしい、キングオブ給食、カレーライ

ス）

　給食のカレーライスは、ご飯にカレーがかかった状態ではなく別々に配膳される。

　それぞれの器に入ったカレーとライスを、甘利田は嬉しそうに見つめる。

（小さいおかずに肉料理の魔王、ハンバーグ。心を休める汁物、わかめスープ、いつも瓶牛乳、そして……）

　トレイに載ったロールケーキと、その外にある勝者の景品、二個目のロールケーキを視界に収めた。

（蠟燭《ろうそく》を立てたい衝動に駆られる、ふっくら仕上げのイチゴのロールケーキ。完璧だ……）

　食べる前から満足気な甘利田は、先割れスプーンを手に取る。

（今年も世話になったな。日本が誇《ほこ》る、全知全能の匙、先割れちゃん……最後の戦いだ）

　黍名子中学で食べる、最後の給食。その相棒《あいぼう》を労いつつ、表情を引き締めた。

（さて……どちらでいくか……）

　中央のカレーと白米を見ながら、思案する。

（白米にカレーを少しずつかけるというのがセオリー。だがここはあえて、ルウに白

米を浸しながら食べるという手法もアリだ）

　白米にカレーをかけるか、カレーに白米を浸すか、迷うように先割れスプーンを動かす。迷っていることすらも、甘利田は楽しんでいた。

（米飯給食になって、初めてこの当たり前の組み合わせが実現した。思えば、贅沢な悩みだ。しかも、今日はハンバーグまである。ハンバーグカレーとして食え、と言っているようなものだ。ちなみに奴は……）

　顔を上げて神野の様子を見ようとした直前、甘利田は首を横に振った。

（いやいや、雑念を振り払え。私は、私が食べたいように食べればいいのだ。今日の気分は、白米をカレーの大海原《おおうなばら》にひと匙ずつ運んで食べたい）

　気持ちが決まると、先割れスプーンを白米に差し入れて掬い上げる。カレーの器を手に取り、まずは白米にカレーを絡めて持ち上げた。

（最後だからこそ、一口ずつじっくり噛み締める。これこそ、大人の所業）

ぱくり、と口に入れる。カレー独特のスパイシーな香りが鼻に抜け、噛むごとに甘みが出る白米と絡み合う。子供が食べるカレーだけあって辛さはほぼないが、野菜や肉のエキスが溶け込んだカレーがおいしくないはずはなかった。サラサラした味の薄い「カレー風味」ではない、甘利田のよく知るこってりとした

「給食のカレー」が戻ってきた——そう実感する。

（ああ、うまい。雑にかっ込むカレーライスもうまいが、こうやって逆転して食べるライスカレーも、味がある）

カレーとライスが別々に出てくる給食だからこその味わい方を、じっくりと噛み締める甘利田の顔は、幸せで緩み切っていた。しっかり飲み込むと、瓶牛乳を目の前に置き、フィルムとキャップを外す。ごくごくと勢いよく半分ほど飲んで一度口内をリセットし、次のおかずに備える。

次に手を伸ばしたのは、ブロッコリーが添えられたハンバーグの器だった。ハンバーグだけを先割れスプーンで掬うように持ち上げる。

（そして……ふっ、今日はこれがあるのだよ、これが！　はい、どーん）

同時に、ハンバーグを白いご飯の上にどんっ、と落とす。

（ハンバーーグ！）

幸せいっぱいの表情で、白米の上のハンバーグを割る。ご飯と一緒に先割れスプーンに載せると、愛《いと》おしそうに見つめて、おもむろに口に入れた。

しっかり焼かれたひき肉の香ばしさと、肉汁の旨味、そして白米の甘み。ゆっくりゆっくり噛むことで、味わいが広がっていく。

（うーん、肉と飯を共に食らう幸せ……まさに、至福……！）

緩み切った頬で咀嚼し、飲み込むと――ふと、顔を上げる。視線の先は、神野だ。

白米の器にカレーがかかっており、そこにハンバーグを載せているところだった。

神野は、迷わずハンバーグカレーにすることを選んだのだ。

そんな神野を見て、甘利田は穏やかな気持ちになっていた。

神野がわかめスープから、「祝」の文字が書かれたナルトを掬い上げる。ハンバーグの上にナルトを載せると、ハンバーグカレーに統一感が生まれた。

微笑む神野は、甘利田に見せるように、完成したハンバーグカレーの器を掲げる。

（そうか……そうだよな。お前はいつも正しい）

とても、おいしそうだった。そう思う甘利田の胸に、いつもの敗北感はない。

（それでいい。子供は素直が一番だ）

甘利田も微笑み、うなずく。それを見た神野は、早速ハンバーグカレーを食べ始めた。嬉しそうに目を細め、大切そうに頬張っている。

（素直さを失った大人は、あれこれいらぬ作戦を立て始める。そして、そう考えている自分は正しいと開き直る。大人は深く考えており、子供は単純で気楽だと笑う）

給食センターの栄養士である四方田は健康にいい、子供のためを思ったメニューにすることが正しいと、最初は考えていたようだった。

教育委員の鏑木。甘利田の言動が気に入らない、なんとかして嫌がらせをしたい、そんな本心を、大義名分で覆《おお》い隠していた。

（真実から遠ざかっていることにも、気づかずに）

かつて甘利田自身も——他の大人と同じように、神野の給食における創意工夫を、子供の浅はかな考えだと切り捨てていた。

給食のメニューにないものを持ち込んで、勝手に改変して食べる。家で食べる食事がまずい、だから給食が一日で一番充実した食事だと考えていた甘利田に、その発想はなかった。

創意工夫して食べる神野の給食は、どれもおいしそうだった。だが「大人」という立場が、甘利田に「羨ましい」と思う気持ちを、拒否させたのだ。

何かにつけて内心で文句をつけ、時には神野に直接注意さえした。それでも神野は屈せず、自分の思う「おいしい給食」を追求し続けた。

そんな神野と同じ場所で給食を食べることで、甘利田は「うまそげ」だから「羨ましい」だけではない、多くの気持ちを抱くようになっていた。

苦手なものでも、涼しい顔をして食べるのが大人だ。そう思っていた甘利田だが、神野は苦手な酢豚《すぶた》のパイナップルを残す贖罪《しょくざい》として、その気持ちを絵で描《か》き表した。それを見て、子供だから好き嫌いをする……などと切り捨てることはできなかった。

ここまで、給食に真摯に向き合う人間を、他に甘利田は知らない。

寸胴鍋をひっくり返してしまったことで、おかずの一つがダメになった給食。残りだけでもおいしく食べる姿勢を貫《つらぬ》いた結果、「食べ物で遊んでいる」と批判された神野に対し、甘利田はその諦めない姿勢に「頑張った」と労いの気持ちを抱いた。

黍名子中学に転勤し、平和に給食を楽しんでいたが、神野と再会したときには、筑《ちく》前煮《ぜんに》をエリアに分けて食べるといった「自分なりの工夫」をした。結局、炊き込みご飯風にした神野の給食を、「うまそげ」だと思ってしまったけれど。

どんな料理かわからないメニューに予想をして臨み、外れても、予想と違ったことを含めて神野は給食を楽しんだ。お祝い事に欠かせない赤飯《せきはん》を、自分自身を祝うために食べた。どんなときでも、自分の「好き」を素直に楽しむ神野の姿が、甘利田には眩《まぶ》しかった。

「好き」が強すぎる故に、誤配送された白米を取り戻すため、今回のように「おいしい給食の味」を取り戻すため、殴り込みに行ってしまうほど向こう見ずなところもある。そんな行動を「教師」として窘めはしても、甘利田自身は全て「間違っていない」と思っていた。

そんな様々なことを経て、甘利田は「大人」ゆえに抑え込もうとしていた、給食を愛する気持ちを、素直に出せるようになっていった。

「給食を愛する気持ち」は何も変わっていないのに、神野と過ごした約三年の間に、思いのほか多くのことが変わり、時に回り道をして——ようやく「好きなものを素直に楽しむ」というところまで、自分は来ることができたのだと、甘利田は感じている。

改めて、自分のトレイを見つめ直す。まだまだ給食を食べ始めたばかりだ。お楽しみは、これからだった。

（もう回り道はしない——いざ！）

ハンバーグの器に残っていたブロッコリーも、白米の器に載せる。そしてカレーを白米にかけた。全体にではなく、先に割ったハンバーグと共に食べたときに空いた空間にかけることで、白米とカレーのエリアが出来上がる。

カレーのかかったハンバーグを、ご飯と共に口の中へ。もぐもぐと咀嚼する度に、甘利田の笑顔がこぼれる。丁寧に丁寧に、カレーハンバーグを楽しむ。

わかめスープに入った「祝」の文字の入った特別感のあるナルトも、大切に食べた。たっぷりわかめも、先割れスプーンいっぱいに載せて、一気に食べる。

またカレーに戻って楽しんだ後、甘利田が牛乳を手に取ったとき――ふと、神野がこちらを見ていることに気づいた。神野も、手に牛乳瓶を持っている。

神野が牛乳瓶を掲げると、甘利田も同じように掲げる。離れた場所でのその仕草は、「おいしい給食」を称えるための、乾杯《かんぱい》でもしているようだった。

半分ほど牛乳を飲む神野に対し、甘利田は全て飲み切った。

まだ大切に残していたカレーライスの器を手に取ると、終始笑顔のまま食べ進める。白米を先に食べ終え、器に残ったカレーも丁寧に先割れスプーンを使って掬い、カレーライスを完食する。

スープだけ残ったわかめスープを丁寧に飲み干すと――最後にロールケーキに手を伸ばした。

平らなスポンジ生地にクリームや果物《くだもの》を載せ、巻いて作るロールケーキ。

透明なプラスチックのフタ越しに、輪切りになったロールケーキのイチゴと生クリームの断面が見える。フタを外し、アルミ製容器を逆さにしてロールケーキを取り出した。かぶりつくと、ふんわり食感のスポンジ生地と、濃厚な生クリームの甘さが広がる。

何度か齧ると、イチゴまでたどり着く。みずみずしい甘みと酸味が爽やかで、濃厚な甘さをさらに引き立てる。

思わず「うまい」と零《こぼ》しながら、幸せそうに頬張っていく甘利田と——神野。決して足並みを揃えていたわけではないのに、気がつくと二人はほぼ同じスピードで給食を食べ進めていた。

大きめなロールケーキの最後の一口を、口の中に押し込む。ふかふかなロールケーキで口の中がいっぱいになった。膨《ふく》らんだ頬が、丁寧に咀嚼されるごとに、少しずつ元の大きさに戻っていく。

ついに、ロールケーキを飲み込む。満足感でいっぱいの顔の甘利田は手を合わせた。

「……ごちそうさまでした」

甘利田に僅かに遅れて神野も手を合わせると「ごちそうさまでした」と笑顔で呟く。

幸福に満ちた二人の声は、卒業前最後の給食への感謝に満ちていた。

目を閉じた甘利田は、背もたれに背中を預け、満足感を確認するように腹をさすった。

満足そうにトレイを見つめる神野も、甘利田と同じように背もたれに背を預け、同じように腹をさすっていた。

（……仕上がった）

教室は、給食を食べながら楽しくお喋りする生徒たちで騒がしいままだ。それでも甘利田、そして神野は、それぞれ「おいしい給食」の余韻《よいん》を楽しんでいた。

放課後になった。生徒たちが教室から飛び出し、下校していくなか、甘利田はひとり配膳室に向かっていた。

「失礼します」

食器や寸胴鍋が並ぶ棚を通り過ぎ、配膳室の出入り口から顔を覗かせた。中には、作業台のような場所に瓶牛乳を置き、談笑していた給食のおばさんたち——牧野たちの姿がある。給食の片付けが一区切りついて、休憩《きゅうけい》していたのだろう。

「あ、先生！　どうも！」

牧野たちは丸椅子から立ち上がり、中に入ってきた甘利田に会釈する。

「本当に、お疲れさまでした」

「こちらこそ」

笑顔で労う牧野に、甘利田も丁寧に会釈して応える。

「神野くんも、さっき挨拶に来ましたよ。三年間、ありがとうございましたって」

「そうでしたか」

「はい。でもあの子がいなくなると、寂しくなるわねぇ」

笑顔のままではあったが、牧野は言葉通り少しだけ表情を曇らせた。

「言っていませんでしたが、私も明日までなんです」

甘利田が付け加えると、牧野は目を見開き「え？」と戸惑いの声を上げた。

「函館に行くことになりまして」

「函館！　なんでまた……」

牧野は戸惑っているように見えた。

甘利田は牧野の問いには答えず、静かに再び頭を下げた。

「お世話になりました」

そう告げて、配膳室を出ようとすると、ふと思い出したように「あ、先生ちょっと待って！」と牧野が呼び止めた。

牛乳瓶と一緒に作業台の上に置いてあったプリントを手に取ると、甘利田を追う。

「先生！　ここ、読んで」

足を止めた甘利田に、プリント――「給食センターだより」の最新号を差し出した。

「……」

「先生に、読んでもらいたいんです」

受け取った甘利田に、牧野は笑顔でそう続けた。

牧野が指を差したところに書かれていた、タイトルは――「おいしい給食」。

それを見た瞬間、甘利田はこの文章を書いているのが、あの給食センターの栄養士、四方田であると悟った。

『皆さんにとっての、おいしい給食って何ですか？　大好きなカレーやラーメン、スパゲティに焼きそば。みんなそういうメニューを思い浮かべるかもしれません。でもそれらは、家でも食べられます。じゃあ何で給食だとおいしく感じるのでしょう？』

読みながら、甘利田はさっきの給食の様子を思い返していた。

皆、笑顔で給食を食べていた。最後の最後で、元のおいしい給食が戻ってきたことがその理由なのは確かだが、決してそれだけではない。

楽しそうに食べたものの感想を言い合う。交渉して、おかずを一部交換するなんてことをしている生徒もいた。もちろん、給食とは関係ない話で盛り上がる姿もある。

秋に、的場と付き合っていると言っていた俵は、的場と同じグループで給食を食べていた。グループの中で楽しそうに笑い合う二人は、別れることなく順調に交際が進んでいるようだった。甘利田から忠告を受けても、俵は結局的場と同じ高校に進む道を選んでいたことも、一緒に思い出される。

おいしい給食は――ただ味がおいしい料理さえあればいい、というわけではない。

給食センターだよりの文章は、さらに続く。

『私は子供の頃、給食が嫌いでした。その頃の給食は完食主義で、短い時間にもかかわらず、残さず食べなければ叱られる風潮《ふうちょう》がありました。食べ物は大切で、残すなんてとんでもない。それは正しいことだけれど、私は今でもあるこの風潮が、嫌いだったんだと思います』

完食――神野が、習字で「卒業に向けての気持ちを表す言葉」として選んだ文字。

しかし神野の目指す「完食」は、完食主義が目指すものとは違う。食べ物が大切だからとか、残すのがもったいないとか、正しいことを遂行するためではない。

おいしい給食を、完食したい。ただそれだけだ。

『だから当時の給食の味を、私はほとんど記憶していませんでした。早く、急いで、片付けが始まる前に、食べ終わらなければならない。そればかり考えていたからです』

四方田岳とは、甘利田は二度会っている。試食会を行った給食センターと、鏑木のいる会議室でだ。

最初こそ、「健康にいい」ということを自慢《じまん》げに語っていたが、二度目に会ったときの顔つきは別物だった。自分が給食を食べていた頃のことを、思い出したのかもしれない。

そんなことを思いながら、甘利田はさらに読み進める。

『食事をおいしいと感じるのは、食事を楽しめる環境が大事です。そして給食は、本来楽しいはずです。なぜなら給食は、子供たちが大人抜きで味わう、初めての外食なのだから』

甘利田にとっての給食は、「家で食べるまずい飯よりもおいしい食事」だった。

元々は味そのものについての考えだが、もしかしたら、この「大人抜きの外食」を楽しんでいたのかもしれない。

教師として給食を食べる回数のほうが多くなった甘利田にとって、生徒としての給食の記憶はだいぶ薄れている。

だが、生徒たちの様子――そして神野が創意工夫をして給食を食べる姿を思うと、四方田の文章の言葉は間違っていないのかもしれない、と思えた。

『その楽しさを皆さんに提供したくて、私は給食センターで働いています。皆さんには、給食を嫌いになってほしくないと、強く願っています。

最近、そのことを改めて思い出させてくれる出来事がありました。環境は簡単には変わらないけれど、少しでも皆さんの健康と楽しみの力になれたらと、思っています。

皆さんが、おいしい給食を食べられることを祈って』

給食センターだよりの文章は、そう締めくくられていた。

四方田は、市役所で「おいしい給食を作りたい」と甘利田に言ったことを、実行に移してくれた。

その思いを、甘利田は給食センターだよりから受け取ったのだった。

三年一組には、神野が一人で残っていた。掲示された習字の文字を見上げている。大半が「卒業」と書かれている中で、神野の「完食」はちょうど真ん中に掲示されていた。その右斜《なな》め上には、的場と俵の「純愛」の文字が並んでいる。二人が付き合っていることはクラス内では有名な話なので、神野も知っていた。だからどう、ということもないけれど。

それよりも、神野は習字で書いたように、「完食」を達成することができた。その満足感に満ちた表情で、自分の書いた「完食」の文字を見ている。

そのとき教室の引き戸が開いた。

現れたのは、鞄を持って帰り支度を済ませた甘利田だった。後ろ手に扉を閉めると、神野がいる近くの机まで移動してきて、ジャケットと鞄を置く。

「高校合格、おめでとう」

ぶっきらぼうにそう言うと、甘利田は椅子ではなく机の上に座る神野に歩み寄って、頭に手を置いた。労う甘利田に、神野も「ありがとうございます」と返した。

「お前の魂胆《こんたん》はわかっているぞ」

神野と向かい合わせに座りながら、甘利田は言う。神野は「……魂胆？」と不思議そうに返した。

「教員になって、引き続き給食を楽しむハラだろう」

窓の外を見ながら断定する甘利田の言葉で、魂胆の意味を察した神野は小さく笑う。

「バレましたか」

「バレバレだ」

「先生と同じです」

「……同じにするな」

甘利田は否定するものの、その言葉の響きはどこか優しい。神野は「でも、それだけじゃないです」と続けながら窓に顔を向けた。

「どういう意味だ？」

意外な反応に、甘利田は思わず神野の横顔を見る。今度は神野が、窓の外、どこか遠くを見るように語った。

「先生になって、その後、教育委員会の職員を目指します」

なぜ、そんなことを言うのか。給食を食べ続けるだけなら、教員だけで十分なはずだ。疑問に思っていると、神野は立ち上がり、甘利田と向き合った。

「全国の給食は、僕が守ります。先生には――いつまでもおいしい給食を、食べていてほしいから」

自信満々に、大真面目に、神野はそう言い切った。

この三年間で、甘利田は何度も「おいしい給食」を奪われる危機に瀕《ひん》してきた。給食そのものがなくなる、教員だけ給食が廃止されそうになる、給食の味を変えられる。いち生徒やいち教師ではどうにもならないこともあった。

神野も、甘利田のそんな事情を全て知っているわけではない。だが「教育委員会の職員」になることで、給食そのものを守ることができる。そう考えた。

たとえ――甘利田が遠く離れた場所に行ったとしても。

給食が大好きな中学生だった、神野ゴウ。中学校を卒業することで、給食好きとしての新たな歩みが始まる。

神野はいつも、甘利田の予想を越えてきた。それが苦い敗北感となり、何度も甘利田に歯痒《はがゆ》い思いをさせた。

そんな神野が最後の最後で――またも甘利田の予想以上の、大きな目標を持っていることを知った。

教え子――いや、同じ給食道を行く者の大きさを思い知らされる。だが今、そこに敗北感や悔しさはなかった。

「……楽しみにしてるぞ」

柔らかい笑みを浮かべた甘利田の声は穏やかで、優しい。

「先生も、この学校を卒業するって聞きました」

「ん？　ああ、四月から函館だ」

「函館……遠いですね」

予想以上に遠かったからか、神野の声に寂しさが混じる。しかし甘利田は「ああ……だが」と前置きすると、嬉しそうに頰を緩めた。

「給食に、イカメシが出るらしいんだ」

「イカメシですか。すごいな」

さっきまで寂しい雰囲気だった神野が羨ましそうな声で応えた。イカメシは、あまり食べたことがないのかもしれない。

「悪いな。お前はしばらく給食なしで」

「頑張って、早く戻ってきます」

甘利田も神野も笑みを浮かべ、すっかり寂しい雰囲気は消えていた。

「ああ……神野、座れ」

話に一区切りつくと、甘利田はそう声をかけた。意図がわからず不思議そうにしながらも、「はい」と返事をした神野は、素直に椅子に座る。

その間に、甘利田は自分のジャケットと鞄を置いた机に取って返した。鞄から何かを取り出すと、後ろ手に隠して神野の元へ戻る。

「……はなむけだ」

言うと同時に、持って来たもの――プラスチックのフタのついた、アルミの容器に入ったロールケーキ――を神野の前に置いた。

一瞬驚きを見せた神野の顔に笑みが広がった。

「嬉しいです」

「……ああ」

神野につられて甘利田も自然と笑みが浮かぶ。

「僕がジャンケンで勝っても、同じことする予定でしたから」

「……そ、そうか」

そう返ってくるとは想定外だった甘利田は、少しだけ動揺する。以前、神野もジャンケンで勝ち取ったものを甘利田にくれたことがあった。それを思えば、似たようなことを考えている可能性は十分にあった。

それは給食道を行く者として、互いに認め合っている証拠でもあった。

「先生に会えて――よかったです」

穏やかで、心から嬉しそうに――神野は甘利田の目を見つめてそう言った。

甘利田は、すぐに返事をしなかった。顔を背け、前の席にゆっくり腰を下ろして、神野の前の椅子に座る。

「――俺もだ」

神野の顔を見なくても、声が低くてぶっきらぼうでも――甘利田のその言葉が、本心であることは、明らかだった。そう感じた神野は、さらに笑みを深め、改めてロールケーキに視線を落とすと、手を合わせた。

「いただきます」

プラスチックのフタを開けると、両手でロールケーキを持ってかぶりついた。

「……うまいか」

「はい！」

嬉しそうに頬を緩め、一口ずつ、大切に頬張り、噛み締めていく神野。

「本当に……うまそうだな」

それを見て、甘利田も気づけば笑顔になっていた。

まだ青空は見えるが、確実に夜の気配が近づいてきている。夕日の光が、二人だけの教室をオレンジ色に染める。

ロールケーキを食べ終えるまでの間、甘利田と神野は他愛《たわい》ない話をしていた。

同じ時間、同じ教室で、同じものを食べる——給食。

甘利田と神野が、教師と生徒として共に給食の時間を過ごすのは、今日が最後だろう。

それでも、共においしい給食を食べた記憶はなくならない。

彼らはそれぞれが愛する、「おいしい給食」で——つながっているのだから。

あとがき

初めまして、もしくはお久しぶりでございます。紙吹みつ葉です。この度《たび》は、この本をお手に取っていただきありがとうございます。

今回は、二〇二二年五月に劇場公開された『劇場版　おいしい給食　卒業』の内容で、ドラマ「おいしい給食　ＳＥＡＳＯＮ２」のあとのお話になります。

前回の「給食」に関する危機をなんとか回避し、受験シーズンを迎える黍名子《きびなご》中学校。それでも甘利田《あまりだ》先生は相変わらずの給食中心の日々を送っているわけですが、受験を前に、またも給食にまつわるピンチが訪れる……！　といった感じになっております。以降は、ぜひ本編をご覧ください。

今回は、前作で打ち解けた宗方《むなかた》先生との関係性にも注目です。このお話は「給食」ありきのものなので、どういった形になるかは……本編で確認してみてください。劇場版をご覧になった方はよくご存じかと思いますが！

ただ、今回も「映像だけでは伝わらないこと」を意識して書きましたので、「あのシーンのセリフって、どういう気持ちで言ったんだろう」といったところが、少しでも伝わっているといいなーと思っています。

甘利田先生は、神野《かみの》くんと出会い、転勤した先で宗方先生と出会い、多くの人と知り合ったことで、本当に少しずつ、変わっていきました。

このお話はフィクションですが、人との出会いや触れ合いが変化を与え、ほんの少しの変化に見えることが、大きな結果につながる、といったことは意外とあるのではないでしょうか。そういったところも、少しでも感じてもらえたら幸いです。

小説も、三冊目となりました。内容としては、ここで一区切りかなと思います。

卒業していく神野くんを見送る、甘利田先生。これからも、ずっと給食を愛し続けることでしょう。

どんなことがあっても、甘利田先生が愛し続けた給食。そういうものがあると、人生はより豊かになることでしょう。甘利田先生にとっての「給食」のような存在に、

皆さまが出会えることを願っています。またすでに出会っている人は、そんな存在と共に日々を過ごし続けられることを、願っております。

紙吹みつ葉

本作品は書き下ろしです。
またこの物語はフィクションです。実在する人物、団体等とは一切関係ありません。

協力　アミューズメントメディア総合学院　ＡＭＧ出版

中公文庫

おいしい給食《きゅうしょく》
——卒業《そつぎょう》

2022年10月25日　初版発行

著　者　紙吹《かみぶき》みつ葉《ば》

発行者　安 部 順 一

発行所　中央公論新社
〒100-8152　東京都千代田区大手町1-7-1
電話　販売 03-5299-1730　編集 03-5299-1890
URL https://www.chuko.co.jp/

DTP　ハンズ・ミケ
印　刷　大日本印刷
製　本　大日本印刷

Published by CHUOKORON-SHINSHA, INC.
Printed in Japan　ISBN978-4-12-207270-1 C1193